失業

Lay off

柴克 著

自序

坐在書房，看著架上的藏書和曾經翻譯過的幾本外文書籍發呆，現在自己寫點東西，才感覺到創作者的辛苦。

要如何將人生中的酸甜苦辣，喜怒哀樂，用文字具體完整的表現出來，將那種透徹心骨、淪肌浹髓的感受傳達給讀者確實不易。

失業或是轉換工作跑道是大多數的人在一生中都會遇到的事情，生活的步調變得越來越快，所有的事情都不時的在變化，而人生中唯一不變的就是無常。

其實這本書斷斷續續的已經寫了七年多，一直到二〇一九年底才正式開始整理編輯，而當準備要出版的時候也正是新冠病毒開始蔓延的時候，檢疫隔離，班機停飛，封城鎖國，只怕疫情擴散造成更大的傷亡損失，許多人在生活和工作上也受到了影響，這對出版業而言更是雪上加霜，以至於拖到現在才能夠將這些故事分享給各位朋友。而在二〇二一年初的今天，病毒的擴散似乎還沒有趨緩的跡象，但願疫情早日結束，世人們都平安。

過去每當生活上發生了甚麼特別的事情，我就會以電腦、手機或是文字書寫的方式記錄下來以抒發情感。我試圖將我周遭朋友在職場上發生的故事以文字記錄下來，特別是他們在失去工作時所發生的一切，有的故事詼諧有趣，有的際遇悲慘不幸，也藉此紀念和感謝我的幾位朋友，謝謝他們豐富了我的人生。

失業的朋友，在經濟上頓時失去了收入的來源，帳戶裡的存款越來越少，對前途感到茫然，不知何去何從，不知將來為何。

有些人遇到困難會樂觀以對，有些人遇到挫折會灰心喪志、自暴自棄。故事中每個人物的際遇不同、想法不同，所以造成了不同的結果。如果能夠記取失敗的教訓，將險阻和挫折化為激勵自己的力量，樂觀以對、積極進取，那就如〈阿峰〉那篇的結尾一樣。

花若盛開，蝴蝶自來！

謹以此書紀念阿峰和為所有精彩的人生喝采！

目錄

Chapter 1 海風

「幹！你他媽的說甚麼。好膽你再說一次。」

阿雄仔對著工廠的領班大聲咆哮。

「你就是俗辣，好膽你就動手啊！我們就是要欺負你，怎樣?!」

阿雄仔聽了之後緊握著拳頭不發一語，眼睛充滿血絲，怒目瞪著領班。

「有本事哪一天你當老闆我就聽你的。你動手啊！來啊！哈哈哈！哈哈哈哈！」

領班趾高氣昂的繼續挑釁著阿雄仔。

廠內機器設備和空壓機的聲音還是不絕於耳，其他人聽見了還是安分的在生產線上工作著，只是不時的會往這邊瞧看著熱鬧，混亂的氣氛之下空氣似乎有些凝結。

阿雄仔脫去身上藍色的作業員制服，往地上一扔，一個人轉身走向置物櫃。

周圍還是充滿了眾人的耳語和嘲諷的眼神。

打開置物櫃，拿了包包和手機，阿雄仔頭也不回的走向工廠盡頭的大門。

阿雄仔走到轉角處時，人事助理雅惠一把拉住他。

「正雄，不要衝動！」雅惠看著他輕聲的說著。

阿雄仔不發一語只見他仍緊握著拳頭。

「你好歹也領個離職金，好嗎?!」雅惠著急卻仍小聲的說著。

阿雄仔目光閃了一下，頭低低的還是不發一語。

「好啦！你先去後面等一下。二十分鐘後再回來，你還是要照規定辦理離職手續喔。」

阿雄仔抬頭看了淑惠一眼，握拳的手也放鬆了些。

「嗯！」

阿雄仔走到工廠後門的垃圾桶旁，蹲了下來，從襯衫胸口前的口袋裡拿出了包菸。天空下著濛濛細雨，阿雄仔看著天空，看著一群飛過天際的鴿子，仍舊不發一語。

阿雄仔高職畢業後就北上從鄉下到這間工廠上班，工廠做的是電子零組件，雖算不上大廠，也算小有規模，和同事間的相處也算融洽，直到有一次尾牙餐聚老闆的特助和工廠領班喝醉了酒侮辱了阿雄仔，阿雄仔動手打人，從此以後被同事誤會，被特助和領班排擠。

雅惠是人事部的助理，打從五年前阿雄仔第一天進到公司後，就彼此有好感，也因為雅惠也是從南部上來打拼，又住在阿雄仔隔壁的村子，彼此有著共同的話題，所以特別聊的開。雖稱不上男女朋友，但是偶而也會一起去逛街或吃飯，感情還算不錯。阿雄仔是木訥的鄉下小孩，雅慧則和大多數的女孩一樣不會主動的表達自己的情感，雖說都已達適婚年齡，但是工作和生活的壓力，讓她們彼此間的感情只停留在互相心儀的階段。

「阿雄仔！」

「阿雄仔！」

「喂！阿雄仔！」

打掃兼警衛的春伯仔喊著正雄。

「啥？」

「阿惠仔叫你進去。」

阿雄仔蹲在旁邊抽菸發呆，春伯仔叫他久久都沒有回應，回過神後，他站了起來，走向樓梯間旁的鐵門。

「少年仔麥失志！哉某？」（台語：年輕人不要失去鬥志！知道嗎？）

阿雄仔站在鐵門邊看著春伯仔，手微微地舉起，像是要告訴他說我知道了，也似乎是在向他道別。

「簽名！」

雅惠印出了離職單請阿雄仔簽名。

阿雄仔完全沒看內容寫些甚麼，拿起筆就簽了名。

「還有這裡。」雅惠指著A4紙上的另一個空白欄位。

「唉呦！別走嘛！我們怎麼捨得你走啊！」

領班和好幾位工廠的同事走了過來，以嘲諷的態度和輕謬的語言說著。

「別理他們！」

雅惠輕聲的對著正雄說。

「其他的我會寄給你。」

「再見了！正雄。」

阿雄仔提著包包，頭也不回的跨上了摩托車駛向廠區大門，默默地離開了他打拼了五年的工廠。

回到了住處，包包一丟，往床上躺了上去，歪著頭望向窗外，看到的是綿綿細雨，還有坐落在百公尺遠方外的那根排放著黑煙的大煙囪。

阿雄仔住在工業區旁的一個四層樓民宅，五坪大小的雅房，也就是不含衛浴的小套房，看過去除了張靠著牆壁的床外，只剩一張小桌子和塑膠衣櫥，空氣中還聞得到工業區所排放出的化學氣體和塑膠臭味，以及隔壁樓下市場攤販的魚腥味。每個月租金新台幣五千元不含水電，勉強在北部有著一個棲身之地。

阿雄仔躺在床上，望著天花板，漸漸的就睡著了。

「豆花！」「豆花！」

阿雄仔被窗外的叫賣聲吵醒，看了一下時鐘，已經早上七點半了。他急急忙忙的爬了起來，穿上衣服，從小桌子上拿了摩托車鑰匙，看到昨天阿惠給他的離職證明書和薪資單，才想到他已經沒工作了。

阿雄仔脫去身上的外套，將鑰匙放回小桌子上，沮喪的坐在床邊。

這個世界不會因為阿雄仔沒了工作或是發生了任何事而停止轉動，桌上鬧鐘的秒針還是不停的告別過去，往下一個六十分之一繼續前進。

發呆了好一會兒，阿雄仔想起生日時阿惠送他的一本書，看到窗外溫暖的光線灑落在房間的角落。

阿雄仔振作起精神，從床邊站了起來，又穿上了外套，拿了鑰匙準備出門去。

早上的工業區車水馬龍，阿雄仔到了他愛吃的麵攤點了碗米粉湯。

「阿雄仔，今天比較晚喔！昨晚睏某飽厚？」（台語：昨晚沒睡飽，是吧？）麵攤的阿姨笑著對他說，同時手裡也沒停著給外帶的客人打包。

阿雄仔靦腆的笑著。

「來！你的米粉湯。」

阿姨把米粉湯端上。

「咦！你今天怎麼沒點油豆腐跟滷蛋，你不是最愛吃了。」

「呵呵！好！來一份。」

「吃飽好上工啊！」

阿姨邊說話還是邊忙著。

阿雄仔靜靜的吃著米粉湯，看著大街上車水馬龍和人來人往的影像發呆。

「吃飽了沒？」阿姨對著他喊了一聲。

「吼！你今天怪怪的喔！吃飽了就趕快去上班，遲到了要扣錢划不來。緊去！」

阿雄把錢放在桌上後騎著摩托車離去。

阿雄仔不知道要去哪，騎著車漫無目的的亂繞，跟著路上一堆趕著去上班的摩托車群從工業區一路騎到附近的山上，從山上騎到了市區，又從市區又騎到了工業區，直到摩托車熄火後才發現沒油了。

阿雄仔牽著摩托車慢慢的走到了加油站，把油加滿後，想起剛剛路過一間網咖，想想應該上網去找新的工作。

阿雄仔只有高職學歷，看到的職缺都是要大學或專科畢業，而且很多的工作現在都需要懂一點英文，阿雄仔的英文實在是不行。上網找了兩個多小時後，沮喪的走出了網咖。看著天色已黑，買了個便當和兩瓶啤酒掛在摩托車把手上，一路騎回到他的住處。

喝了酒之後，阿雄仔又睡著了。

「豆花！」「豆花！」

阿雄仔又被叫賣聲吵醒。

阿雄仔躺在床上，睜開雙眼，不知道今天要做些什麼，繼續賴床躺了好久。

想起昨晚做了個奇怪的夢，夢到了他和雅惠牽著孩子快樂地在公園裡玩，夢到了春源伯仔跟他說的話——「少年仔！麥失志喔！」。

阿雄仔爬了起來，決定今天還是繼續努力找工作。

起床出門後，阿雄仔照舊還是騎車到了早餐店報到。

「米粉湯，油豆腐跟滷蛋。」

「吼！今天精神很好喔！」

「哈哈！」

阿雄仔傻笑著。

阿雄仔的住所沒有網路，他也沒有電腦。所以一大早吃完早餐後，阿雄仔還是來到了網咖，開始找工作。他認真的更新了履歷，還寫了自傳，投了幾個作業員相關的職務，即便是學經歷要求比較高的，他也試著投遞履歷。

接下來他到就業輔導處申請失業給付。然後決定今天好好對待自己，決定去做他最喜歡的一件事。

阿雄仔一路開心的從工業區騎到了基隆，到了市區附近的釣具行。

整排的釣具行從市區的中正路一直延伸到幾公里外的八斗子漁港，阿雄仔在一間他以前經常光顧的店家前停了下來。

「吼！哩舊古沒來了耶！跑去哪啦？！」釣具行老闆金旺仔看到阿雄仔開心的打招呼。（台語：你很久沒來了耶！）

「最近白帶魚大咬……。連白天都釣的到，你麥信某？白燈那裡鬧熱滾滾。」老闆金旺仔繼續說著。

「騙笑耶！白帶魚白天會來岸邊吃餌？」（台語：少騙人！）

「真的啦！不知道為什麼。近海最近聚集了一大群白帶魚，可能是氣候異常的原因。加上你知道，基隆冬天都陰雨綿綿，中午過後日頭沒那麼大，天空灰濛濛的，魚餌一丟下去，白帶仔就來咬。」金旺仔邊看電視邊歪著頭咬著檳榔說著。

「有影某？」（台語：真的嗎？）

「不信你待會兒去釣釣看就知道了。」

「要放多深？」

「青菜啦！水面就有了。你要釣大隻一點的就放一隻竿子深吧！」（台語：隨便啦！）

「哈哈哈！是喔！嗯！那給我幾組白帶魚鉤，夜光棒和兩盒散肉（青籃仔魚或是秋刀魚切片）。」

「浮標和鉛錘不用嗎？」

「我這邊還有很多，免啦！」

阿雄仔和釣具行老闆有說有笑，添足裝備後就開心的離開。

阿雄仔來到了八斗仔的白色燈塔旁，看到堤防邊消波塊旁站了滿滿的釣客，還有攤販的叫賣聲。

阿雄仔的老家也在海邊，只是這裡的海和家鄉的不同，

阿雄仔的老家在台西，在台灣的西部海岸，而這裡是東北角的起點基隆。

一邊是沙岸，一邊是岩岸。

一個是台灣海峽，一個是太平洋。

一邊是人煙稀少，安靜祥和，一邊是觀光人潮，熱鬧滾滾。

一個是家鄉，一個是異鄉。

連空氣中的海水味道呼吸起來感受都不同。

家鄉的海水味道溫暖間帶有蚵棚和稻米的清香，異鄉的海水滋味冰冷清新，且時常夾帶著冷冽的海風和雨水。

雖有不同，但是海水的味道總能喚起他的感官，這是除了在夢裡之外，現實中最能感受到家的感覺的地方了。

阿雄仔找了個人少的地方，不徐不緩的放下了裝備，慢條斯理地綁好了釣組並掛上魚餌，向著海平面的一端拋出了釣組。

白帶魚果真大咬，還都是三指以上（釣魚的人以手指來比喻魚身的寬度）。阿雄仔從下午釣到傍晚，從太陽下山釣到月亮升起，二十公升的冰箱已經爆桶。

天色已黑，看著海面的螢光棒和防坡堤上時而出入移動刺眼的車燈，人潮也越來越多，決定就此收竿。

阿雄仔看到手機上的 LED 燈閃爍著，打開一看，已經是兩個多小時前的訊息了，是雅惠傳來問候的簡訊。

「正雄，還好嗎?!找到工作了沒？加油！」簡訊最後還附上了一張笑臉。

阿雄仔凝望著海面滿滿的螢光棒，望著遠方公路上昏黃的路燈和一輪明月，發呆了許久後，把手機放到口袋，揹起了釣具，跨上摩托車在濱海公路上往前奔去。

「鈴鈴！」

早上沒被豆花伯仔的叫賣聲吵醒，倒是被手機鈴聲叫醒。

阿雄拿起了手機。

「你好……」阿雄睡意惺忪的回答著。

「是王正雄先生嗎?！你好。我這裡是遠大紡織。我們很欣賞你的工作經歷，不知道是否可以跟你約時間面試。」

一間大紡織廠的人資部小姐打電話來，很客氣的邀約阿雄前往面試。

阿雄掛上電話後，整個人都醒過來了。

電話又響了。

「你好！我這裡是三多自動機械公司。不知你對機械製造方面有沒有興趣，我們是日商投資的高科技機械製造商，未來將上市上櫃，前景非常的好……。」

阿雄今天一早總共接到了三通電話，全都是通知他前往面試的。

這幾天阿雄仔都精神抖擻的去了不同的公司面試。過了一週後又陸續接到了好幾通面試通知的電話。只不過之後都沒有任何回應。經濟不景氣，這幾個月來，阿雄找了好幾個工作都碰壁。想想再這樣等下去也不是辦法，還是出門去網咖把履歷再更新一下，多寄幾間公司。阿雄仔拿了鑰匙，關上了房門便出門去了。

「阿雄仔，下個月房租別忘了繳喔！」房東看到阿雄仔下樓，提醒他交房租的事。

阿雄仔站在摩托車旁，拿出皮夾裡提款機的明細，看了後所剩無幾，算一算繳了下個月的房租後就幾乎見底了。

阿雄仔又走回到住處，點了根菸，呆坐在房裡，眼神茫然。

失業許久的感覺就像汪洋中的一艘小船，茫茫大海，不知去向。他感到無比的惆悵，覺得自己很沒有用，一無是處，無力感不禁油然而生。

阿雄仔對自己說：「不然就先回家吧！」

收拾了簡單的行囊，隔天一早，阿雄仔向房東說明了原委，跨上了機車，一路往南。

天空下著濛濛細雨，摩托車不停地一路往南……漸漸的雨停了，露出了陽光。

從陰霾昏暗的台北，到翠綠的省道。

從擁擠的市區，到鄉間的小路。

阿雄仔騎到了村子口，停了下來，他猶豫了一會兒，往右穿過了田間小路，朝漁港的方向騎了過去。

阿雄仔不敢回家，坐在漁港旁用來綁漁船的生鏽大圓柱上，看著海發呆。

溫暖的陽光照在臉龐，看著海水，倒映在水中的陽光讓他進入了時光隧道……。

「阿雄仔哩蹬來啊！」（台語：阿雄你回來了啊！）

阿雄仔在神遊中被喚醒。

「啊！阿輝伯仔。哩賀！」（台語：你好！）

「甚麼時候回來的？」

「剛剛才到。」

「你去台北有沒有去釣魚？你以前最愛去釣魚。回來都沒有先回家，跑來漁港看人家釣魚。緊蹬企！你媽媽很想你耶！」（台語：趕快回去！）

「好！」

阿雄仔不敢說出他失業的事情，不敢說他不敢回家。怕阿輝伯仔問太多，趕緊跨上摩托車後就離開。

從漁港回到家只要三、五分鐘，這幾分鐘彷彿有一世紀之久。

到家門口前的路口旁，阿雄仔把引擎熄火，慢慢的牽著車走過去。

看到母親坐在門口剝牡蠣殼，門口還曬著蘿蔔乾，阿爸的歐多麥不在，應該是出門做事去了。

阿母仔看到阿雄仔回來了，開心的露出了笑容，放下了手上的牡蠣和小刀，吃力的站了起來，拍拍手上的髒汙，走向阿雄仔。

「阿母。」

「阿雄仔。」

「哩歐多麥耐永勘耶？是派去了嗎？」（台語：你摩托車為何用牽？是壞掉了嗎？）

阿雄仔趕緊回答沒油了，轉的有點硬。

「厚阿母看一下！嗯！有咖善，甲沒好軀？阿母但耶燉一隻雞尬哩補一下。」（台語：給媽媽看一下！有比較瘦，吃不好是嘛？媽媽待會兒給你燉一隻雞幫你補身體。）

「阿爸呢？」

「您阿爸企收蚵仔，順便去看看魚網仔甘舞抓到魚？」（台語：你爸爸去採收鮮蚵，順便去看看漁網是否有抓到魚？）

「嗯！」

「來！進來拜拜。跟祖先們上個香。」

阿雄仔乖乖地進了門，點上一炷香。

香煙裊裊，母親嘴中也念念有詞，希望祖先保庇。

老家的佛堂，門口的大葉雀榕，甚至連屋外水龍頭旁那個用了十幾年的那個塑膠臉盆，依舊那麼地熟悉。

阿雄仔牽著母親的手走出了佛堂，看著老家的一切，內心感到無比的平靜。

「阿母仔！我幫妳剝牡蠣殼！」

「免啦！你騎車騎了一整天，應該是很累，去裡面休息啦！」

做母親的總是貼心，要兒子去休息。阿雄仔沒有多說，陪著母親走到了屋前的走廊下，拉了張小板凳就坐了下來，幫母親剝著牡蠣。

晚上，阿爸回來開了瓶高粱，母親燉了雞湯和豬腳，全家人開心的一起用餐。

翌日。

故鄉熟悉的床，讓阿雄仔睡到太陽曬到屁股，醒來後已經九點多了。

推開房門，看到桌上有他最愛吃的碗粿和虱目魚湯，不過只剩下留給他的一副碗筷，顯然爸媽早已用過了早餐。走到門口向著外頭看，母親依舊在剝著牡蠣殼，而阿爸的摩托車也已經騎走了。

吃完了早餐後，看到母親在後院曬衣服，阿雄仔發動了摩托車，往漁港的方向騎了過去。

遠遠地就看到了老爸在他熟悉的舢舨上整理漁網，他停好車後跳了上去幫忙。

老爸沒有多說甚麼，而他也惦惦地低著頭幫忙。

舢舨旁的水裡有好多的小魚游來游去，水面倒映著船身和天空的白雲，不禁讓他想起了小時候的景象……

「透中午了，來去廟口甲麵賀某？」阿爸說。（台語：去廟口吃麵好嗎？）

捕魚網的時間過得很快，一下子就到了中午，父親提議到附近的廟口旁吃麵。

「頭家！兩碗乾麵，餛飩湯，青菜一份，再切一盤滷大腸。」

「阿水啊！你家的正雄長這麼大啦！」老闆娘在攤位上一邊忙著切菜，一邊大聲嚷嚷地笑著說。

「哩馬幫幫忙！妳從小看到大，剛退伍那時候妳不是有看過。還不是一樣。」

「來啦！飲啦！」

老闆娘走了出來，拿了瓶台啤和兩個杯子放在桌上。

「我又沒叫必魯！」

「請你啊！兩個帥哥！又透中午，讓你們消消暑！」老闆娘邊走回麵攤邊說著。

阿雄仔的父親叫阿水伯，村子裡沒有新鮮事，每個人都認識。

阿水伯拿起啤酒，給兒子倒滿了杯子，接著倒了自己的杯子。

「少年仔！哩大漢啊！阿爸祝你一切都順事。人生就像討海，不管遇到甚麼風雨，甚麼困難，隆愛勇敢的向前。現在回來了，好好的休息，想想看接下來的路要怎麼走。哉某?!」（台語：年輕人！你長大了！）

阿水伯仔拿起了酒杯一乾而盡，對著兒子微笑。

阿雄仔心裡知道，老爸知道了……。

午餐後父子倆繼續回到漁港邊工作，不知不覺一天又過去了。

「來！今天是冬至，愛甲圓仔，這阿母自己做的，我記得你小時候最愛吃圓仔湯。」

母親在餐桌上端了一晚熱騰騰的圓仔湯給阿雄仔。（台語：要吃湯圓）

「阿母跟你說，你知道阿布拉那間歐多麥店嗎?！你細漢的時候都愛到他店裡玩，當兵前你也在那邊打工了半年，你也喜歡歐多麥……」（台語：歐多賣是摩托車的意思;細漢是小時候。）

「阿布拉之前跟我們借錢都沒有還，現在他也要退休了，他說那間店要便宜頂讓給我們，你以前不是很喜歡修理摩托車，你看看要不要去做黑手，自己做頭家，然後娶某……」（台語：頭家是老闆的意思。）

阿雄仔想說，挖哩咧！連阿母仔都知道他失業了。

想當然爾，知子莫若母，父親也是，從小一手拉拔長大的孩子，做父母親的怎麼會不曉得呢？

「要多少錢？」阿雄仔問。

「啊！錢ㄟ代誌你不要管啦！阿母會處理。」（台語：錢的事情你不要管啦！）

「阿捏甘賀？」（台語：這樣好嗎？）

阿雄默默地吃著湯圓，心裡想著媽媽剛才說的話。

望著窗外的星空，老時鐘在牆上滴答滴答的響著，寒冷的空氣中透露著一股溫暖。

隔天，阿雄起的較早，他和爸媽坐在餐桌前吃著早餐。

「阿雄仔！蛙嘎哩貢！你這幾天不用再幫你爸爸出海捕魚，他一個人就行了。」（台語：

蛙嘎哩貢是我跟你說的意思。）

「你去隔壁村子幫忙收桶柑和做點工。快過年了！他們很缺人手，一天有一千多塊錢，你就去幫他們忙，賺點零用錢！暫時睡他們的工寮，過幾天再回來就好了！」

「好！」阿雄聽到有賺錢的機會，高興地回答著！

「對了！你待會兒先去買兩瓶酒給機車行的老闆再去，也順便看看以後要接的店。」

阿雄仔騎著車出門，到了雜貨店買了兩瓶便宜的威士忌，開心地騎往摩托車行。

「阿布拉！阿布拉！」

噠噠噠噠~

阿雄仔開心地拎著兩瓶威士忌到了車行門口，只見阿布拉蹲在裡面修理引擎，磨砂機轉動所發出吵雜的聲音，讓車行老闆聽不見他的叫聲。

阿雄仔看著這間老舊的機車行，好像也沒有甚麼特別的想法。

一會兒阿布拉轉過身來看見他。

「少年仔！哩來呀！」

「老師（傅）仔！好久不見！」

阿布拉看見正雄過來，停下了手邊的工作。

「這酒給你！」

「嗯！謝謝！」

「你阿母知道說我要退休了，說要頂我這間店給你做生意，反正我也老了，也該退休了。你知道我這間店生意不太好，尤其現在少年仔很多都騎電動車，甚至機油都自己換，你們要頂就頂給你……。」

阿布拉抽著菸一直碎碎唸。

「雖然這間小店沒甚麼，但是我也是開了一輩子，還有這些生財工具也花了不少錢，算一算我欠你們家的錢，你們也還是要貼我一些……，反正再過幾個禮拜，我把這些客人的車處理完之後，我就把店交給你們，就過年前啦！」

阿布拉還是一直說，阿雄仔也沒仔細聽。

「好啦！師仔！我要去隔壁村子幫忙，過幾天回來再請教你，我先走囉！酒放在桌上不要忘了喔！」

阿雄仔騎著摩托車往隔壁村子去了。

幾天後阿雄仔回到了家，再兩個禮拜就過年了。

阿雄仔幾天工作下來，幫忙採收橘子和一些農作，口袋裡多了萬把塊錢，也載了滿滿的柑橘回來。

「咦？怎麼家裡沒有人。」

阿雄想說阿母可能是騎腳踏車去菜市場，而阿爸出海捕魚去了。

阿雄仔把柑橘放在家門口後想說還可以去漁港幫忙，就騎著車又出門了。

阿雄仔滿面春風，因為口袋裡有了錢，而隔壁村的農家們都很喜歡阿雄，說隨時都歡迎他來幫忙，而他也快要可以自己開店了。

車子騎到了漁港，繞了半天沒有看到阿爸的船，正想說應該出海去了還沒回來，結果看到阿爸的船在漁港另一邊正被一台怪手機具吊上來。

阿雄仔轉頭騎了車過去，卻只見到操作怪手機具的工人坐在上面，沒有看到阿爸的人。

怪手繼續作業著。船上的引擎已經被吊到一旁的卡車上，其他重要的裝備也被拆得差不多了，幾乎只剩下舢舨本身的船體。

「喂~喂~」阿雄仔叫著怪手司機，可是巨大的聲響，怪手司機根本聽不到正雄的聲音！

怪手司機繼續作業著，將船體吊起並準備放在堤岸上。

阿雄衝了過去，擋在怪手前面。

怪手司機終於停了下來。

「你是不要命了喔！」

阿雄衝上前去爬上駕駛座把司機拉了下來。

「你是在起笑喔！」司機說。（台語：起笑是發瘋的意思。）

「你在幹甚麼？這是我阿爸的排仔！」

「我不知道啊！人家付錢叫我做的啊！我只是收錢辦事你兇甚麼？」

兩個人劍拔弩張，就快打起來了。

這時候里長伯剛好騎著車經過。

「蝦米代誌？」里長伯說。（台語：甚麼事情。）

「幹！這少年仔起肖擋在前面。」

里長伯這時候下了車，知道怎麼一回事了。

「你是阿水仔的兒子，對某？」

「你阿爸把船賣了。船主只要引擎和船牌，所以請人家來把它拆掉。」

「甚麼？怎麼可能？」

「不信你回去問你阿爸。」

阿雄仔一臉錯愕，不敢置信。

怪手司機回到車上，繼續啟動機械作業，發出隆隆巨響，阿雄仔失神的騎著車回家。

「阿雄仔！阿雄仔！」

阿雄在回家的路上後面追來了一輛摩托車！

阿雄仔停了下來，往回看是一位歐巴桑。

「阿雄仔！我是阿滿仔阿姨，你不記得了嗎？」

「是喔！哈哈！」

「我都還記得你，你居然忘了我。以前常和你阿母去鹽田工作，還會買糖給你吃。」
「對了！你阿母把證件放在我們銀樓，我拿來還。」
「我阿母去你們銀樓買飾品喔！」
「不是啦！你阿母說要用錢，所以拿一些首飾和金條來。」
「好啦！證件你收好。有空來坐喔！」
看著阿滿姨騎車離去，阿雄仔愣在那邊。
阿雄仔回到家後，還是沒看見爸爸和媽媽。把柑橘拿進去後，累的倒頭就睡。

「甲蹦啊喔！」（台語：吃飯了喔！）
阿雄仔聽到母親叫他吃飯，醒了過來，看到身旁的時鐘已經傍晚六點多了。
「緊來喔！我和你阿爸肚子都夭了！今天有你愛吃的蚵仔酥和紅蟳喔！」
阿母在門外的廚房叫著。
阿雄走了出來，坐在餐桌上，看到滿滿的菜餚。
「來！甲菜。」阿爸對著阿雄仔說。（台語：吃菜。）
阿雄仔看到爸媽開心的樣子，也跟著開心了起來。阿雄仔也高興地分享了這幾天打工的趣事和賺來的錢。一家吃得很開心。
突然間阿雄仔發現阿母脖子前面那條玉珮和手上的那條金項鍊都不見了。

這時她才想起阿爸的船也是。

「阿母！哩ㄟ金仔咧？」（台語：妳的金子呢？）

「沒啦！收起來了。」

「麥嘎蛙騙！」阿雄放下碗筷皺著眉頭看著母親。（台語：不要騙我！）

「甲飯啦！某代誌啦！」（台語：吃飯啦！沒事啦！）

正雄的媽媽繼續吃著飯裝作沒事，沒有回答。

「啊！剛好有件事情要跟你說。」正雄的爸爸說。

「我想說最近都補不到甚麼魚，年紀也越來越老，抓不太動了。抓魚仔抓了四十幾年，也該休息了，所以把我的舢舨賣掉。」

「阿爸……」

「來啦！喝一點魚湯啦！」

「這幾年船牌也很值錢，而且我有漁會的退休金，免擔心啦！」

阿爸還是開心的說著。

阿雄仔默默地吃著飯，想起阿爸那台用了一輩子的筏，還有阿母的嫁妝，想起了阿布拉說過要頂那間店還要貼他一些錢……，想到這裡，阿雄仔不禁濕了眼眶，流下了眼淚。

晚上，阿雄躺在床上，想了好久好久才睡著。

一大早阿雄仔洗了把臉，吃過早餐後精神抖擻的出門了。

阿雄心裡想，阿爸阿母那麼疼愛他，既然頂下了機車行，就好好幹。

到了機車行後，看到阿布拉正在整理門面，車店裡不在那麼凌亂，所有的東西都有條不紊的放置著，車行裡只剩下阿布拉自己的歐多賣。

阿布拉看到阿雄仔來到車店，點了根菸，望著自己車行的招牌許久。

「阿雄仔！你是要用自己的招牌，還是要自己取個名字？」

「沒關係！都可以。」

「甚麼都可以？今天開始你就是老闆了。都可以？自己想好自己決定。」

阿雄仔走進店裡，仔細的檢查阿布拉所留下的生財器具，他發現有些工具已經老舊不堪，幫浦似乎也不太夠力……。

「賀啦！這間店就交給你了。桌上那本名片簿裡有所有供應商的聯絡電話，他們的業務三不五時也會過來喝喝茶，你不用擔心。阿捏！祝你好運！古的拉克！蛙麥來去雲遊四海啦！」

「少年仔！加油！甘巴爹優。」（甘巴爹是日文，加油的意思。）

阿布拉發動了他的摩托車，回頭看了一眼自己經營了數十年的老店後，轉身離去。

阿雄仔走出了車行門外，望著離去的阿布拉，揮了揮手。

回到了店內，阿雄仔清點了工具數量，零件，機油存量，店內庫存的新輪胎和一些物品，仔細的列出了清單，記錄下還需要添購的物品以及金額，並盤算著如何經營這間店。

「頭家！借一下打氣機，輪胎沒風啊！」路過的單車騎士說。

「喔！好！馬上來。」

阿雄回應著走到門口，開啟了幫浦開關。

「咦？老闆呢？」單車騎士疑惑著問。

「我就是。」

「咦！以前那一位老闆怎麼不在了。我每年環島都會經過這裡。對了！老闆好像叫做阿布拉。」

「對！他退休了。我剛接下這間店。事實上，今天是第一天，你是第一位客人。」

阿雄仔邊幫單車騎士打氣邊說。

「好了！」

「啊！謝謝！感恩。多少錢？」

「打氣不用錢啦！又不是土匪。」

「哈哈！那怎麼好意思。我是你第一位客人耶！」

「真的不用啦！」

「哈哈！那這個請你吃。」

單車騎士從背包裡拿出了一包糖說。

「蛙！寫日文耶！」

「這是我女朋友上個月去日本旅遊時買的。」

「哈！有女朋友真好！」

「哈！」

「小心騎車喔！」

「好的！老闆謝謝！掰掰。」

阿雄仔看著單車騎士離去，單車後面的旗幟隨風飄動，上面寫著「環島！加油！」心想，自己也要加油！

日子過得很快，一轉眼一年就過去了，阿雄仔每天都早出晚歸，熱心專業的服務讓店裡的生意有了起色，在這樣的鄉下小鎮裡算是不錯的成績。

「好！我等一下過去幫你看一下，在菜市場嗎？發不動是不是？好！」

阿雄仔服務到家，無論是在店裡面幫客人做車輛保養，更換輪胎或是機油，還是車子壞掉，只要客人需要，都會親自跑一趟。

「老闆！換機油。」客人在門口將車子停了下來。

「好！馬上來。」

阿雄仔放下整理到一半的速克達，拿了罐機油走了過去。
「這種中油的好嗎？還是要進口的合成機油。」阿雄仔詢問著客人。
「便宜的就好了。」
阿雄仔拿了塑膠托盤放在車子底下，熟練地卸下了螺絲，老舊的機油洩了出來。
很快的就換好新的機油了。
吼~吼~
遠遠的阿雄仔看到有三輛改裝的機車騎了過來，是三個不到二十歲的少年仔，機車所發出的聲音很大，似乎排氣管經過了改裝。
「老~闆~」
吼~吼~
其中一位少年仔一邊催著油們，一邊大聲地叫著阿雄仔，尾音還拖得很長。
「你好！請問要換機油嗎？還是要買甚麼？」
阿雄仔說話的同時，三台機車一起催著油門，其中一台還衝撞了客人的車。
「聽不到啦！」少年仔大聲吼著。
一旁的客人有點嚇到，趕緊掏了錢給阿雄仔就趕快騎走。
「你們現在是怎樣？」
阿雄仔覺得這三位年輕人來者不善，似乎有點挑釁的意味。

「不怎麼樣啦！聽說你生意不錯。」年輕人邊說邊捲起袖子，露出了手臂上的刺青。

阿雄仔忍住怒氣，轉身低著頭整理東西。

「厚！不理我們。那麼俗辣！哈哈哈！哈哈哈哈！」

帶頭的少年仔下了車，走到店裡東看西看，拿起掛在一旁的安全帽把玩著。

「小事情啦！這裡我們在罩的。你每個月給一點零頭我們就會好好照顧你。」

阿雄仔聽到這句話後，終於了解這些少年仔的來意，生氣的瞪了他一眼。

帶頭的少年仔冷笑了一聲，將架子上整箱的機油掃了下來。

阿雄生氣極了，一拳就揮了過去，兩個人扭打了起來。

其他兩位少年仔見狀也衝了上來，阿雄仔拿起地上的活動板手揮舞著，順勢架在其中一位紅髮少年的脖子上。

劍拔弩張的氣氛，店裡面一團凌亂。

「好！好！不打擾！不打擾！」帶頭的少年仔擦了擦嘴角的血漬，皮皮的走出了店門口外。

阿雄仔鬆手推開了紅髮少年仔。

紅髮少年不甘願的又衝了上去。

「走啦！我說甚麼你沒有聽到嗎？」帶頭的少年仔怒斥著。

阿雄仔望著三位囂張的流氓離去，看到店裡亂成一團不禁皺起了眉頭，也只好抿著嘴角，摸摸鼻子，自認倒楣的整理散落的物品和傾倒的機車。

晚餐時母親注意到阿雄仔的臉上有瘀青，阿雄仔不想讓家人擔心，只是輕描淡寫的說是工作的時候擦傷，並沒有提起今天有混混來找碴強收保護費的事情。

隔天一早，阿雄仔跟平時一樣開店做生意，並沒有甚麼特別的事情發生，那些少年仔也沒有再出現過。

時序來到了春天，阿雄仔店裡也進了些經銷商供應的新車，還做了一個新的玻璃櫥窗來販賣價格較高昂的安全帽，生意也越來越穩定。

照例阿雄仔每天吃過早餐後就出門，到了車行就拉開鐵門，將機車挪到門口排排站，開始一天的工作。機車行除了一般的保養維修和新車販賣，能夠賺比較多利潤的就是費時費工的工作，比方說將老車的引擎大拆清洗，或是幫趕時髦的年輕人更換進口零件，這些麻煩的工作，上進的阿雄仔當然也樂在其中，只是進口的部品常常要看原文的說明書才能正確的安裝，阿雄仔為了多賺點錢也時常翻閱著字典查閱單字，有時候霧裡看花也只好摸摸頭皮打電話給老師傅阿布拉不恥下問。

「今天要把這台機車的活塞換好，還有旁邊那兩台要換鋼圈和排氣管……。」

阿雄仔自言自語專心的工作著。

「老~闆~」要修理機~車~

「好！」

阿雄仔一轉頭又看到前些陣子來店裡鬧事的少年仔。

「你又來幹嘛？之前被修理的還不夠嗎？！」

「嘿嘿！就是來看你生意好不好，再來給你修理修理。」

阿雄仔看到門口停了一台遊覽車，下來了一大群的黑衣人。

其中一位小弟說：「就是他嗎？吼係！」（台語：給他死！）

ㄟㄟ~麥吼係啦！出人命我不就要跑路。怎麼那麼笨。（台語：不要給他死！）

砸店讓他做不成生意，然後躺三個月就好。

少年仔看著阿雄仔張著嘴大笑。

算優待你喔！一般是要躺一年喔！哈哈哈！哈哈哈哈！

阿雄仔握緊了拳頭，氣憤的眼神全寫在臉上。

帶頭的少年仔吐了口檳榔汁在地上，使了個眼色給那群黑衣人並做了個手勢。

一群黑衣人開始往前衝。

拿著棒棍的黑衣人推倒了門口的整排機車，開始進到店內大肆破壞，砸破玻璃櫥櫃，弄倒工具箱，將牆上的海報和畫框丟到地上。兩名壯漢架住了阿雄仔，任由其中一位黑衣人毆打……

「處理好就走了，不要搞太久，等一下條子就來了，而且我等一下我還要去茶店仔泡個茶，差不多就好了，知道嗎？」帶頭的少年仔站在店門外點了根菸，吐出煙圈後跟旁邊跟班的小弟如是說。

場面一團混亂，伴隨著咆嘯的嘶吼聲和物品破碎的聲響，阿雄仔也被揍的全身都是傷。帶頭的少年仔背對著機車店邊玩著手機邊露出笑意，並隨意地將抽剩的菸蒂很帥氣地彈了出去。

正當混亂之餘，有一台黑頭進口轎車經過停了下來。後座車窗緩緩地降下，裡頭坐了一位穿著花襯衫，帶著墨鏡，身材粗壯的中年男子。

「喂！你是在幹嘛？」中年男子對著帶頭的少年仔大喊著。

「歐嗨優！蕃薯大仔！鼓摸您。」少年仔轉頭看到這名男子後，臉色從玩手機時的笑意瞬間轉為驚恐，然後立即的又擠出了笑容。（歐嗨優勢日文早安的意思；鼓摸您是英文早安的意思。）

「鼓哩ㄟ頭！不是叫你去廟口那幾家店收錢，怎麼還在這裡。這裡是在衝啥小？」

「啊……！ㄟ……這邊有點事情在處理啦！」（台語：給他死！）

「甘是阿捏？」蕃薯大仔帶著懷疑的口氣說。（台語：是這樣嗎？）

「聽說啊！最近你都去搞些有的沒有的，還有上個月的帳目也有點不清楚。鎮長和議員在喝酒時都有在抱怨，說我都沒管好讓他們很難處理。不是我們的角頭你就不要碰。我們圍事的地方是市區中華路的酒店和賭場，以及廟口和舊市場那邊，其他的是別人的。至於這種地方我們不要碰，錢不多又會惹來麻煩。議員說我們的小弟亂收保護費，是不是就是在說你？這邊的人不是漁民就是一般做小生意的店家……。」蕃薯大仔繼續說著，而砸店和打架的喧鬧聲沒有停止過。

「碰！鏘~」

一只安全帽從店門內飛到店門口，砸到了倒在地上的摩托車油箱後滾到了外面，這時候阿雄仔被黑衣人強行拖到外面，滿臉是血，上衣和褲子都破掉了。

「處理好了就趕快去廟口，不要亂搞，這種事情我不要在場。」蕃薯大仔轉身往他的賓士轎車走了過去。

上車前，蕃薯大仔回頭看了一眼，看到阿雄仔胸口的胎記。他愣了一下後，往機車店的方向快步前進。

「蕃薯大仔！」所有滋事的黑衣人都停了下來問候。

蕃薯大仔表情嚴肅，蹲了下去仔細地看了一眼。

「都回去！」蕃薯大仔嚴肅的說。

「大仔！這我處理就好。」帶頭的少年仔說。

「幹你娘耶！我叫你回去就回去。」

「現在！馬上！」

帶頭的少年仔和黑衣人聽到老大發脾氣後，快步地回到了遊覽車上，隨即離去。

原本混亂的現場隨變得安靜無聲，一旁遠遠觀看的一些民眾也漸漸離去。

「阿雄仔，是蛙啦！……拍勢啦！」

蕃薯大仔蹲坐著，雙手扶著倒在地上的阿雄仔。

阿雄仔勉強睜開瘀青的雙眼看著蕃薯大仔。

原來十多年前，蕃薯大仔一個人跑到附近的小漁港釣魚，沒穿救生衣，又不會游泳，附近又沒人，剛好阿雄仔在舢舨上補漁網，見狀後趕緊跳下去救他，要不是阿雄仔，蕃薯大仔就會溺斃，不可能會活到今天。

「哩是……蕃薯大仔？」阿雄仔有氣無力的說著。

此時救護車和警車都到了，鳴笛的聲音好不緊張刺耳。

兩位配槍的員警走了過來，右手雙雙搭在配槍上隨時準備拔槍。

「是你！蕃薯大仔。」員警說。

「沒事！沒事！誤會。」蕃薯大仔站了起來，也一同攙扶著阿雄仔。

「這樣好不好？先讓救護車送這位先生去醫院，然後我跟你們回派出所。這樣處理可以嗎？」蕃薯大仔認真地看著員警說。

「零貳/凍兩~零貳/凍兩~任務結束準備返所……」

蕃薯大仔看著醫護人員用擔架將阿雄仔抬上救護車後，坐進了黑頭轎車，命令司機跟著警車到當地的派出所。

翌日

「有好一點沒有？」

蕃薯大仔提了一籃水果和禮盒到了醫院探望阿雄仔，等到熟睡中的阿雄仔睜開雙眼後才開口說話。

阿雄仔貼著紗布的臉還沒有完全消腫，微笑看著蕃薯大仔點了點頭。

「拍勢……。我的小弟不懂事，把你搞成這樣。」

「你不用煩惱，你店的事情我會請人去處理，會好好整理，離開時會把鐵門拉好，一切都不用擔心。我小弟的事情我也會處理，你好好的養傷，所有的一切我都會負責。」

「拍勢啦！」阿雄仔說。

「拍勢的是我。真的不好意思。」

聊了一會兒後，護士進來換藥，番薯大仔也告辭離開了。

隔週，阿雄仔傷勢好多了，準備辦理出院手續。

「王正雄先生。你的住院醫療費都已經繳清。還有，幫你付錢的先生留了一封信給你，他說他趕時間，所以先走了。」櫃檯的收納小姐說。

阿雄仔走到一旁，打開了信封。

「阿雄仔！

不好意思，我的小弟我沒有管好，把你的店砸成這樣，還把你打傷。我已經交代好，從今以後不會再去騷擾你了。你的店，損壞的物品和機車全部都進了新品，連所有的工具和設備都是整套全新的，整間店都幫你整理好了。抽屜的底下有一張支票，是我一點小小的心意，請務必收下。

眞正拍勢，又欠你一次。你不用謝我，是我要謝謝你，我這條老命是你救回來的，當初如果沒有你，我可能就永遠沉在海裡，也不會有今天了。你知道我是七逃郎，就算做到老大，也還是過一天算一天，我和你完全是兩個世界的人，最近因爲有一些事，我要出國深造，你知道我的意思。好兄弟，我會想你的。祝福你！」

從此以後，阿雄仔的店也越做越順。

日子一天過了一天，一年又過了一年。

週休二日，加上阿雄仔村子附近道路規劃新增了一條快速道路以及政府發展觀光和市場改建，往來的車流越來越多。原本已有起色的生意，現在更加旺了起來，店內維修保養的摩托車也越來越多，多到放不下堆在馬路旁，阿雄仔還得租下旁邊的店面才放的下，店內也多了個學徒。

「謝謝！有空再來坐！」

阿雄仔收過錢，向客人致謝後，打開抽屜將現金收好，覺得自己好幸運，桌上還放著每年過節時雅惠寄來的風景明信片，他還一一放在相框內，他從店內往外看，看著遠方，看著藍天，看著在天空中飛翔的鳥兒，想著那段在台北的日子，還有想念著雅惠……

「老闆，我車子發不動，麻煩幫我看看好嗎？」

阿雄仔從神遊的時光隧道中醒了過來。

看著店內一堆待修的車子，還有桌子上成堆的明細和銷貨單，客人代辦過戶的行照和證件，他站了起來，走到店門口開始工作。

「阿雄仔！我這個騎起來聲音怪怪的。」漁港的阿源伯仔騎著老野狼，後面自製的鐵架上載著橘色的方型塑膠桶，桶內載滿了漁獲。

蹲在地上的阿雄仔聽到熟悉的聲音也沒抬起頭來繼續檢修著手邊的車子，剛才的客人還在一旁等待。

「吼！你也看一下嗎？」春源伯仔說。

「就跟你說那個塑膠桶子換一下，才幾百塊錢你又捨不得換新的。你那個桶子都破了，載的又是現流仔，每天這樣一直滴，一直滴，鹽水都吃到後輪裡面的軸承了，裡面的珠子都鏽光了，沒有聲音才奇怪。」阿雄仔還是蹲在地上低著頭做事。

「不然你也幫我噴一噴，給他順一點。」

「好啦！等一下給你噴，我這邊快好了。」

「緊喔！」春源伯仔催促著。

阿雄仔認真的低著頭工作，額頭上的汗水都滴了下來，他聽到另一台摩托車引擎的聲音越來越近，又有其他的客人來了。

「老闆！幫我換個機油好嗎?!」是一位小姐的聲音。

「不好意思！要等一下喔！」阿雄仔說。

「還要讓我等多久？」

阿雄仔覺得聲音聽起來很熟悉，他拿起旁邊的抹布擦了擦滿是油汙的雙手，轉身抬起頭來，在背光刺眼的陽光底下，他看見了雅惠的身影……。

Chapter 2 科技新貴

「謝謝你們參加這次的新產品發表會。」

「Thanks for coming to the seminar and we are looking forward to seeing you again in the near future.」

珍妮以流利、標準的中英文，高雅的白色套裝，甜美的微笑和飄逸的長髮又一次成功的完成了一場會議，即使聽眾坐在三百多人的會議廳的最後一排角落，也可以感受到她所散發的自信，甚至彷彿都可以聞得到她的髮香。

聽眾都紛紛站了起來報以如雷的掌聲，珍妮開心地下台走向群眾。

「See you in Taipei.」珍妮和外國客人道別。

「See you soon, Jenny.」外國客戶說。

「Shalom!」（以色列語：打招呼或再見之意。）

以色列特拉維夫的希爾頓飯店泳池畔的國際會議廳內擠滿了來自世界各地的客戶，這是珍妮所服務的跨國電腦企業在此所舉辦的一場年度重要會議。

「Good job!」總經理彼特拍了拍珍妮的肩膀。

「Thanks! tried my best. Hopefully I did not disappoint you.」謝謝！我盡力了。希望沒讓大家失望。珍妮謙虛地笑著說。

「稍晚我們和這裡最大的客戶有一個晚宴，待會兒回到房間後先梳洗準備一下，待會兒不要談公事，大家都累了，客戶也不想談，我們明年度的訂單已經拿到了。就放輕鬆的去玩吧！然後明早我們去耶路撒冷逛逛，由客戶作東，晚上搭機回台北。報告回去再說吧！」總經理說。

「知道了！」珍妮開心的回應著。

「滴滴！」

綠燈閃爍了兩次，珍妮用感應磁卡開啟了位在頂樓的五星級飯店的房門。

「呼！」

珍妮把筆記型電腦和包包往床上一扔後躺了下去，望著窗外美麗的海景，疲憊而開心的笑著。想著任務完成，幫公司接到了超級大單，這次年底應該會有不少的分紅，甚至有可能升到副總的職位。

休息了一會兒，也梳洗完畢後，珍妮換上了動人的一襲黑色露肩晚禮服準備出席今晚客戶的晚宴招待。

「Wow! Jenny, you look gorgeous.」

「Thank you!」

「妮好飄亮！」韓國代理商金先生用生澀的中文說。

「Ani-Ya-Say-Yo!」Jenny 以韓文回應說謝謝。

晚宴在魚子醬、龍蝦、牛排、香檳、現場 live band，杯光交錯之下熱烈地展開。

「You have to try this.」Eason 在服務生端上食物時說。

「這是 Falafel，以色列傳統的炸薯泥球。」Peter 接著說。

「嗯！This is geart. 好好吃。」Jenny 嘗了一口後說。

「Cheers! To our friendship.」

以色列客戶一手拿著酒瓶，一手拿著葡萄酒杯走向 Peter。

「Cheers! To our friendship and... Big Order!」敬祝我們的友誼，還有大訂單！

哈哈哈哈！Peter 舉起酒杯，接了一句 Yeah! big order，敬「大訂單」，逗得大家開心的笑了。

晚宴上菜已經進入尾聲，準備上甜點，現場 Live band 由熱舞的流行音樂快節奏，轉成輕柔的爵士樂情歌。

「Shall we?」要不要一起呢？

Amir 一臉醉意，走了過來拱起手臂示意要邀請珍妮跳舞。

珍妮知道這個客戶打得是甚麼壞心眼，但是千萬得罪不得，因為這次大單的決定權在他身上，雖然他只是個工程師，但是除了業務之外，Amir 有很大的主導權。而且現場那麼多人，他也應該不敢亂來。她擠出了笑容，愣了幾秒鐘之後，看到 Peter 也對他使臉色，她隨即站了起來。

「Sure! My pleasure.」當然！我的榮幸。

賓客們都報以熱烈的掌聲和口哨聲。

Amir 拉著珍妮的手走向中間的舞池，他們在霓紅燈下盡情地跳著舞。

舞池中間被人潮包圍著，且燈光越來越暗，只有天花板上閃爍的燈光時而光亮，時而昏暗，客戶摟著她的腰，越摟越緊，幾乎快貼到胸前。

「My wife will go shopping later with her friends and she won't be back by midnight.」Amir 撥弄著珍妮的長髮，在她耳邊暗示著說他老婆待會兒會和她的朋友們去購物，而且很晚才會回來。

Jenny 裝作聽不懂，說她也想去購物。

「1169.」Amir 靠著珍妮的耳多旁說。

「What dud you say?」你說甚麼？

「I stay in room 1169.」Amir 在珍妮挑空的晚禮服背後用手指輕畫著 1169，靠著耳朵挑逗著說。

Amir 的手越來越不安分，珍妮這下生氣地推開了 Amir。舞池的中央人潮越來越多，現場氣氛非常熱絡，音樂還是不絕於耳，沒有人會注意到這些事情。高大壯碩，肚子微凸的 Amir 差點跌了一跤，剛才的笑臉立刻變了顏色。

「Ha! Jenny. You're here.」其他的賓客和所有公司的人這時候剛好也都靠了過來，化解了一場危機。Amir 被推開的瞬間剛好撞到 Christina，克莉絲是珍妮的下屬，來公司也比她還要久，除了年輕一點之外，學歷和能力都比不上她。

「嘿！Christina。妳陪 Amir 一下好嗎？我人有點不舒服，我去一下洗手間。」

珍妮聰明地反應，而且舞池現場人多，所以就成功的閃開了。熱歌勁舞，酒過三巡，不知不覺已到了午夜，大家也都醉倒了，大夥兒紛紛離開，回到了飯店房間休息。

翌日，專車帶著 Peter 和珍妮以及其他同事和重要客戶一起去逛了附近的名勝，開心的結束了這趟旅程返回台北。

「早啊！Jenny。」

「早！Peter。」

出差結束後回台北上班的第一天，珍妮輕快地走到她的辦公室，桌上已經放了一杯助理剛泡好給她的熱咖啡，杯裡還冒著熱氣。趁電腦開機的空檔，珍妮從名牌包裡拿出口紅和鏡子，補了一下粧。Outlook 郵件信箱一打開，百來封尚未閱讀的 emails 如排山倒海而來，行事曆約會的提醒也跟著跳了出來。珍妮看著行事曆喃喃自語……。待會兒十點 Intel 要來介紹最新的 Roadmap，有一個新的 FAE 工程師要來，顯示器螢幕的採購主管換人要來拜訪，要交換名片寒暄一下，以後換他 support 我們公司，一定要認識一下。下午一點 project review，三點 Sales meeting，接著還要討論日本客戶的 RFQ……。Wow! What a day!

忙碌的一天，只是珍妮的日常，好勝心強的她，時常工作到晚上八九點鐘才離開公司，晚上回到家之後都已經快十點了。

「David，你吃過了沒？」珍妮回到家後，在玄關一邊脫下高跟鞋一邊對先生說。

「都幾點了！」大衛看著電視冷冷地回答說。

珍妮將路上買的小點心放到餐桌上，走進了浴室將耳環拆下，準備梳洗。

「你今年休假還剩下幾天？要不要連假的時候我們出國去走走？還是去哪裡玩？」

珍妮隔著浴室的門大聲的說。

大衛並沒有回應。

珍妮打開浴室的門探了頭出來，又進浴室繼續卸妝，她又問了一遍。

大衛還是繼續看著電視沒有回應。

「喂！你是耳朵聾了？還是怎樣？」珍妮拿著梳子，推開浴室的門對著大衛大聲嚷著。

「噓！小聲一點，聽到了，我再看看有沒有假。等一下吵到孩子。」大衛關掉電視，小聲地說。

珍妮瞪了她一眼後，又轉頭進浴室。

客廳一片靜默，只依稀聽得到浴室裡傳來水龍頭的聲音。珍妮梳洗完畢後回到房間時，大衛已經躺在床上睡著了。

「嘿！你把這個拿去傳真。」隔天早上在辦公室，珍妮跟 Christina 說。

「等一下！」

「什麼事？」

「今天早上怎麼沒有咖啡？還有昨天下午和工程部開會的時候我怎麼聽到又有新的案子，聽說產品規格都快談好了，我怎麼都不知道？這是怎麼一回事？」

「喔！這是前陣子總經理直接叫我去跟工程開會，我也不知道事情會進行的這麼順利，本來想跟妳說一聲，看妳很忙就沒有提……。」Christina 站在珍妮的大辦公桌前說。

「嗯！」珍妮有點嚴厲的歪著頭，懷疑的看著她。

開會，寫報告，寫企劃書，整理訂單，接著又開會，又是一天。

「叮咚！」

晚上八點，珍妮的手機傳來了訊息。她的同窗好友從國外回來，她的兩位麻吉姊妹邀約他一起到台北的餐廳一起小酌一下。珍妮蓋上了電腦，提了包包開心地離開公司。

「嘿嘿！好久不見。」

珍妮進了餐廳，看到了姊妹們好不開心，一聊就聊到了深夜。

「再續攤啦！我們去啤酒屋。」幾個熟女姊妹們起鬨著。

「還喝啊！我不行了啦！」

「酒量那麼差。」姊妹們揶揄著珍妮。

凌晨一點，珍妮叫了計程車回家。

「還沒睡啊！」回到家中，珍妮看到大衛還坐在客廳沙發上，客廳的桌子凌亂不堪，桌上放著兩瓶昂貴的陳年威士忌和酒杯，一瓶已經見底，旁邊還放著一張紙。

「你那兩瓶是我們的結婚紀念酒，你不是說要特別的日子才要喝嗎？怎麼現在就拿出來喝了。」

大衛沒有回應，又開了一瓶酒，給自己又倒了一杯。珍妮放下了包包，進了浴室，隔著門板，還是不停地說著。

「喂！我在跟你說話耶！」珍妮梳洗完畢後，一邊擦著頭髮一邊走出了浴室。

大衛依然沒有回應，眼神冷漠。

「我忙到現在才回家，你那甚麼態度？」

「這是家嗎？」大衛說完後喝了一大口威士忌。

「我每天一大早就出門上班，處理公司裡面一堆大小事，還要應付客戶應付老闆，每天都忙到半夜三更的，認真地讓我們的家過得更好，我現在累得要死，你說那甚麼話？」珍妮站在餐桌旁大聲咆嘯著。

「對啊！在東區喝酒跳舞很開心嘛！」大衛不屑地說。

「你是偷看我手機還是怎樣？」

「不用偷看啦！社群網站大辣辣的 tag 妳，還打卡，每天都很忙。」

「拜託！那是我同學從國外回來，我們好久沒聚一聚，今晚有機會才一起出去。」

「我們結婚多久了？七年了？還是八年？妳哪一天有回來做過晚餐，還是有全家一起出遊過？有啦！我都數得出來。」

珍妮走到客廳，插著腰，怒氣沖沖的和大衛吵了起來，

「我們不是之前週末都有到海邊去玩？還帶著你爸，我們還玩得很開心。」

「呵！那是剛結婚時的事了。你還好意思說。有好幾次我跟爸都看到妳跟海邊的帥哥打情罵俏的，爸爸後來還問妳，妳還裝做一副沒甚麼大不了的樣子。妳知道爸很生氣嗎？」

「拜託喔！你又來了。總是要誤會我。那是我朋友，我不是只講了幾句話，寒喧之後就離開了。你們怎麼那麼小心眼。」

「那麼和外國帥哥搭著肩，摟著腰的合照呢？多到數不完吧！」

「拜託！那是工作耶！」珍妮繼續解釋著，和大衛吵個不停。

「媽咪！」五歲的小女孩揉了揉眼睛，從房間門走了出來。兩個人停止爭吵。

「媽咪和爸比在聊天，對不起吵到你了。乖！媽咪帶妳回房間睡覺，好不好？」

珍妮牽著女兒進了臥室。

一會兒珍妮輕聲地關起臥室的門，安靜地走到沙發邊坐了下來。

「我們不要吵了，好不好？」珍妮輕聲地說。

「我也不想吵了。」大衛通紅的臉嚴肅冷酷地看著珍妮。

「這是甚麼？」珍妮注意到桌上的那張紙，她拿了起來。

「今天爸爸有來過，也請了律師，我想，這樣比較好。」

「你這是做甚麼？」珍妮驚訝地看著大衛。

「這些年來，我知道妳很在乎妳的工作，可是會不會太誇張了？我每天跟妳說話的時間不會超過五分鐘，如果有超過五分鐘的，就是在吵架。週末假日的時候，我說要回家陪爸媽，妳也總是說要加班，不然就是說妳很累不想去，我們家有缺這點錢嘛？到底是家庭重要？還是妳的事業重要？」大衛壓聲聲量激動地說著。

珍妮沒有說話，而大衛的手機一直閃爍震動著。

「那麼晚了，怎麼還那麼多訊息？」珍妮微微歪著頭懷疑的看著大衛。

「哼！妳會關心嗎？關妳甚麼事！」大衛滑動著螢幕看著手機。

「我看看！」珍妮搶過了手機，大衛已經喝醉了，想拿回來被她一把推開。

「還好嗎？

不要喝太多喔！

她簽了嗎？

我這邊好冷。

你要不要過來？

好想要你陪我。

……」

珍妮看到簡訊後氣急敗壞地放下手機。

「你是不是外面有了女人？」

珍妮生氣的質問，而大衛拿起手機後放進了口袋，沒有回答。

「你說啊？你說話啊？」

「你現在要聽我說話了。呵呵！」

「我想說話的時候都沒有人可以傾聽。我只好說給願意聽我說話的人聽。給了妳那麼多年，當初要不是我們家……」大衛接著說。

「甚麼你們家？難道我要靠你們家？」珍妮抬起了頭，雙眼怒目的瞪著大衛。

「女強人，是吧？」大衛無情地看著珍妮冷冷地說。

「好！」

珍妮氣憤地拿起桌上的筆，快速且用力地在紙上簽了字，然後將筆丟了出去。

空氣頓時凝結，客廳裡只剩下手機不時傳來震動的聲音。

我出去一下。大衛拿起了手機和外套，穿上皮鞋後，關上了大門。

客廳裡安靜無聲，只剩下珍妮坐在沙發上。

珍妮後悔說了那些惡毒的話，後悔衝動地做出了決定，可是覆水難收，木已沉舟。

「Jenny!」

Peter 在珍妮的辦公室門口說。

「是！」

「今天的會議都帶著 Christina 一起吧！她要多向妳學習，把妳的案子分擔一些給她。妳今天看起來有一點累。」

「沒有啦！OK！Sure。我會帶著她。」

珍妮整晚沒睡，不過一早還是梳洗打扮的漂漂亮亮，強打起精神去上班。

珍妮想著她應該就快要升官了，而她的位子或許就由 Christina 來接，所以 Peter 才會這麼說。忙碌的一天過去了。晚上九點多，停車場只剩下沒幾台車。

珍走向她的進口轎車。

今早上班前，珍妮將孩子帶到自己的爸媽家中，打了電話給安親班請了假，請爸媽照顧幾天。珍妮沒有多說些甚麼，只說事情已經發生了，對於感情的事情，做父母親的也插不上手，幫不上甚麼忙，畢竟都是成年人了。

珍妮開車在停等紅綠燈的時候，看著握在方向盤上手上的戒指發呆了許久，綠燈顯示時她也沒有注意到，後方停等的車輛猛按喇叭，這時她才回過神來。她將車輛停靠在路旁，從包包內拿出了手機，看了社群軟體上稍早發給大衛的簡訊，上面只顯示著已讀。她猶豫了一下，撥打了電話給大衛，然而卻沒有回應，改撥手機門號，卻只聽到語音信箱的聲音，她失望地掛上了電話。打回家中，也只剩下答錄機的聲音。珍妮坐在車上好一會兒，痛苦地流下眼淚。想不通為什麼這種事情會發生在她身上。

珍妮回到家中，發現大衛已經將她的衣物全部帶走。她哭坐在浴室地上……

翌日

「珍妮！總經理請妳去她旁邊那個會議室一下。」

人事經理安潔拉捧著檔案夾，站在珍妮諾大的辦公室門口。

「OK!」她回應著。

「Hi! Peter. Good morning.」

「上回去特拉維夫我們接了一個大案子妳記得嗎?!」

記得啊！

嗯！訂單的金額妳還記得嗎?!

當然啊！那是我的案子。

每年三千萬美金，總共是五年。

妳知道這個案子很重要，占了我們公司年營業額很大的一部分。

珍妮心裡高興的雀躍著，想著就要升官了。

以色列那邊也很高興的簽約了。

嗯！那天晚宴妳們聊得很開心。

是啊！

昨晚 Amir 寄了一封 email 來，是有關於訂單的事。

不好意思！早上 mail 太多了，還沒有看到這一封，待會兒我馬上看。

不用了！因為 mail 沒有 CC 給妳。

珍妮露出驚訝的表情。

「訂單取消了。」Peter 冷冷地把眼光看向窗外，舉起咖啡杯說。

「What? Why?」

妳記得晚宴那天妳和 Amir 跳舞嗎?!

當然。

妳們是跳得很開心，可是 Amir 的夫人可不太開心……。

珍妮愣了一下。

妳那天有點喝醉了吧?! Anyway，他們取消訂單了。這件事情董事會也知道了。

「我不知道會這樣……」珍妮整個人像是撞到牆一樣說不太出話來了。

「沒關係！不用擔心，這我來處理。」總經理說。

叩叩！

人資處主管安潔拉捧著一疊資料夾站在會議室門口。

「妳等一下。」Peter 做了手勢，隔著玻璃窗示意要安潔拉稍等一會兒。

「珍妮！我進公司也不少年了，董事會很信任我所做的任何決定，因為這幾年來公司的成長大家都有目共睹。商場如戰場，這個道理妳應該知道。所以我相信妳也信任我所做的決定。」Peter 說話時還是看著窗外，沒有看著珍妮。

「那當然。」珍妮回應著。

「那好！」Peter 回過頭比了一下手勢請安潔拉進來，隨後站起來轉身離去。

安潔拉將門關上，拉了張椅子，在珍妮對面坐了下來。

珍妮看著步出會議室的總經理，納悶著看著安潔拉。

「最近公司要做組織重整，我們都覺得妳對公司的貢獻很不錯，應該可以有更好的發展。」安潔拉微笑著說著。

「So...?」珍妮開心的看著人資主管。

「Peter 和董事會都肯定妳這些日子以來的表現，覺得妳留在我們公司太大才小用了。妳應該到更有規模的企業發展才是。」安潔拉邊說邊檢視手上的文件。

「嗯……？」珍妮不解的問。

「上面說，妳就做到今天。這邊有一些文件簽完就可以了。」

珍妮聽到這句話後如同晴天霹靂，覺得一陣暈眩，說不出話來。

「妳慢慢看吧！簽完之後請交給人事部助理 Judy 就行了。我還有個會要開。這是上面做的決定，我也沒有辦法，我只是公事公辦。」安潔拉站起身來準備離去。

「對了！電腦和公司車子的鑰匙麻煩妳離開前放到我桌上。識別證和停車感應卡麻煩妳交給警衛就行了。謝謝！」

「碰！」

安潔拉走出了會議室，順手將門關上了。

珍妮失魂落魄地坐在會議室內整整十分鐘，一點都不想去看這些文件……。

她擦拭了眼角的淚水，拿起桌上的文件，站了起來，走出了會議室。

回到了辦公室，她越想越生氣，補了一下妝，準備去找 Peter 理論。

「Peter 人呢？」珍妮怒氣沖沖地走向總經理的辦公室。

「喔！他幾分鐘前剛剛外出，或許還在電梯口。」總經理祕書說。

珍妮快步地走向前，卻驚訝地發現 Peter 拍拍 Christina 的肩膀走進了電梯。

她還來不及回過神來，電梯的門已經關上，公司的兩名警衛和人事處的助理 Judy 也已經站在旁邊。

「不好意思！珍妮。你可能要快一點。上頭交代您必須在中午前離開公司。」

珍妮收拾好了東西後，離開了她打拼多年的公司。

走在滿是帷幕玻璃大樓包圍的人行道上，這時的她覺得白天的陽光特別刺眼。路上過往的人群和忙碌的上班族以及車輛喧囂的吵雜，畫面似乎變成了默劇，沒有了聲音。

珍妮叫了車，難過地回到了住處，脫下了高跟鞋後倒頭就睡。

珍妮在家裡待了一整個禮拜都沒有出門，孩子也由爸爸媽媽兩位老人家照顧，東西吃得很少，也只叫外送，整個人瘦了一圈，面容憔悴了不少。

一週後，珍妮想到了孩子，想到不能那麼輕易地就被打倒，看到櫃子上面從前客戶送的禮物和念書時的獎狀，她決定振作起來。離婚的事情對她的打擊很大，她無力改變，但是被資遣的事情，她有能力再找新的工作。珍妮打開了家中的電腦，仔細的更新了她的履歷，然後上網求職。

數週後，珍妮收到了許多的面試通知，她刪除了不適合或是沒有興趣的工作，一一的回信。

「宋小姐，這邊請。」

「您好，敝姓林，請叫我 Lara 就好。」

「我看了一下您的履歷，真的很傑出。」

「國立大學畢業，美國史丹佛大學企管碩士，法國知名學院……雙碩士，還擔任過上市公司和外商公司的高階主管……。」

「哇！您能來我們這裡真是我們的榮幸。我先介紹一下我們公司。我們是新加坡有名的高階經理人獵才顧問公司，專門幫百大企業和外商公司找高階經理人才。因為您一直都在科技業界，而我負責的也正好是這一部分，所以我們主管將您的資料 pass 給我。我手邊現在有幾個職缺，您可以參考看看。」

珍妮認真地聽著。

「嗯！不知道您對 IC 零件通路的主管一職是否有興趣?!」

「Well，我之前所服務的產業都是像手機或電腦等產品，IC 主被動元件對我而言反而是供應商的角色，而且這個工作是要時常國內出差而非國外出差是吧?!」

「是的，不過條件很優渥喔！這間是除了 Intel 和 AMD 以外的大廠，這幾年營業額一直在上升，您是否要考慮看看？」

「不了！謝謝！」

珍妮露出高傲的態度回答著。

「喔！沒關係！我再看一下。」

Lara 翻閱著手上的資料夾。

「有了！」

「我這邊還有一個消費性電腦大廠高階主管的職缺，年薪總額是您過去最高薪資所得的兩倍還要多一點，還配車及其他福利，package 超優。」

「真的嗎?!不會是詐騙集團吧?!」珍妮笑著說。

「當然不是。哈哈！」Lara 也笑著回答。

「嗯！這個職務跟您以往的職務一樣，都是消費性電腦，也包含客製化的工業電腦產品，這個職缺的 Title 是處長級的主管，下面帶有三個部門，共一百多人……。

珍妮很高興認真的聽著。

「還要負責國內外參展，像是德國漢諾威展，美國拉斯維加斯消費性電子展，台北電腦展等。」

「這我沒問題，marketing 我在行。」

「相信您沒問題的。」

「還提供酒店式公寓，進口轎車和每年回台的免費機票五次。」

「什麼?請問公司是在台北嗎?!」

「這間公司的企業總部在北京，所以這個職務的工作地點當然也是在北京。」

珍妮並不想到大陸去工作，因為孩子還小，而且又是陌生的環境……。

「還有其他的嗎?!」珍妮失望地問著。

「真是太可惜了。」Lara 說。

Lara 繼續不停地翻閱著手上的資料。

「嗯！我這邊還有一個經理的職缺，只不過薪水可能沒有您之前那麼多，不過當然也是百萬年薪還有股票的發放。公司在台北，準備明年上市，很有發展的機會。」

珍妮失望地不發一語。

這樣的薪水和福利對許多人來說已經是夢寐以求的了，可是相對於她之前更優渥的薪水，珍妮還是看不上眼。

「所以……？」Lara 睜大了眼睛望著珍妮。

「不了！謝謝妳。」珍妮驕傲的回答著，站起身來準備離去。

「那……保持聯絡。」

「好！保持聯絡。」

珍妮步出了這間位於敦化南路上的大樓，往忠孝東路上的捷運站走去。

經過了路上精品店的玻璃窗外，她停下了腳步，望著櫥窗內的服飾和流行精品駐足了好一會兒。習慣了購買奢侈品以換取虛榮心的她這回沒有走進去逛逛，她到了附近百貨公司的地下街點了小吃，買了些麵包後就回去了。

開車舒服慣了，不習慣捷運站的擁擠，但她知道現在不能亂花錢，即便還是有不少的存款，但是目前的情況，能省就省，她也只好無奈地隨著人潮前進，排隊上車。

珍妮又接連面試了許多的公司，但是都沒有下文，她也不知道是因為她薪水要求的太高，還是職位考量的關係，都沒有後續。

今天珍妮又走出了位於內湖的一間外商高科技公司，面談的結果不甚理想，她沮喪地想大聲嘶吼。從早上搭車出門到現在，等待面試，又當場親筆填寫了一次該公司制式的履歷，接著做性向測驗，英文筆試，然後和人事以及另外兩位面試主管面談，整天的折騰下來，她已經有點受不了了。

珍妮找了間咖啡廳坐了下來，點了杯熱拿鐵。店內的客人大多是在附近上班的員工，還有來附近拜訪的廠商業務人員。她望著窗外，想著再這樣下去也不是辦法，她想了一會兒後，拿出手機打給了先前接觸過的獵人頭公司。

「嗨！Lara。我是珍妮。」

「嗨！沈小姐您好。好一陣子沒有聽到妳的聲音了，近來可好？有去上班了嗎？」

「嗯！還沒有。」

「是喔！您那麼優秀，怎麼可能？一定是那些公司不識貨。千里馬還需遇到伯樂才行。」

「您上回說的那個科技公司的職缺還有缺人嗎？」珍妮問。

「您不是說公司在大陸您不考慮嗎？所以我介紹其他的人過去了。」

「不是。我是說那間公司在台北，準備明年上市，很有發展機會，還有股票發放的那間。」

「嗯！不好意思。上回您也提到說因為薪水的關係，可能沒有您之前領的那麼多，所以也沒有興趣。事實上，中階經理人的職缺是最搶手的，所以這個空缺早就沒了。」Lara 在電話那頭這麼說。

「嗯！了解。」珍妮失望的回答。

「沒關係！妳明天不知道有沒有空。請您再過來一趟。我這邊還是有一些職缺，或許您會有興趣，只是我還沒整理。明天過來聊，好嗎？」

珍妮只能說好，只期望明天工作能有著落。

珍妮和 Lara 再度面談之後，勉強地接下了一個她以往都不會考慮的工作，但是因為太久沒有收入了，她還是選擇了接受。

新的工作是一間外資企業，總公司在歐洲，工廠在大陸，珍妮負責的是採購主管的職缺。珍妮並不真正熟悉採購的工作內容，而所負責的產品項目也非往昔的專業，不過因為都是科技相關產品，珍妮還是很有信心的接下了。好勝心強的她，每天一樣早出晚歸，認真負責，所以前幾個月都還算順利。

「今天的採購會議就到這裡，記得月報要做總整理，並上傳到內網，副總要過目。」每週一例行的採購會議結束，同事們都紛紛帶著筆電陸續的離開了會議室。珍妮還在想著剛剛開會提到部分零件庫存過多和季目標採購金額要降百分之三的事情。

「妳們等一下！」珍妮在會議室門外叫住了兩位部屬。

「下午我們再來討論一下庫存的事情，Amy 妳去訂一間小會議室。」

「是！經理。」Amy 說。

「妳們先去用餐好了！」

早上的會議開到十二點多將近一點，已過了中午用餐時間，其他部門的同事大多已經用餐完畢，辦公室的照明也關了午休燈，有的同事已經趴在桌上休息。

「妳那甚麼臉？」Amy 邊走邊笑著跟 Joyce 說。

「媽的，Bitch！」Joyce 遠遠地看著珍妮咒罵了一句。

「唉呀！我知道。那能怎麼辦？我們趕快出去吃飯啦！」Amy 說。

「吃甚麼飯？都快一點了。等一下又要開會，新來的甚麼都不懂，跩甚麼？哼！算了！到樓下便利商店隨便買點東西好了。」

下午五點，珍妮在小會議室召開了臨時部門會議，會議開了兩個多小時還在繼續，中間沒有休息，會議沒有具體的解決方案。

「當初都是研發說要買的，案子很急，所以我們進了一堆貨，現在庫存才會那麼多。」

Joyce 拿著雷色筆對著螢幕上的報表說。

「是哪一個工程師？」珍妮問說。

「就研發二部的宏哥。」Amy 說。

珍妮拿起電話撥打了分機，說了好一會兒。

「沒關係！我打給你們主管。」資深工程師阿宏似乎不買帳，珍妮掛了電話。珍妮查閱了分機表之後，打開電話擴音器給研發二部主管。

「龍 Sir，我們在開庫存會議，當初……。」談話進行了數分鐘後，越吵越兇，電話被掛斷了。幾分鐘後，龍 Sir 衝進了會議室。

「當初是我簽的沒有錯，但這是業務說叫我們買，我們才趕快下單，因為交期很長，怕來不急。妳講話不要那麼不客氣。妳有甚麼問題，妳去找業務。」

龍 Sir 氣沖沖地說完之後轉身離開。

珍妮不知道該怎麼辦，會議停頓了好一會兒，投影機的燈光已經自動地轉為省電待機模式，其他的採購和助理有的在滑著手機，有的在上網看購物商品，Joyce 幸災樂禍的偷笑著。

「業務主管是不是出差去了？」珍妮問採購助理。

「是！要下個月報的時候才會進來。」助理回答。

「好吧！那今天先這樣。」珍妮看著會議室牆上的時鐘。

「沒關係啦！要開到半夜也沒關係啦！老娘陪妳。」

Joyce 走出門外時，顯露出了很不爽的表情，小聲地對 Amy 說。

晚上十點多，辦公室終於淨空，警衛進來查看後熄燈，啟動了夜間門禁。

接下來的幾天，珍妮都沒有處理庫存的事情，暫時擱在一旁，她專心的看著報表，想著要如何將採購金額降三個百分比。她看著各個品項，仔細地和對歷來的採購數量和金額以及匯率的變動，思考著可以從哪一個零件來做調整。珍妮約了許多的廠商到公司討論，希望能夠達到公司的要求。

「今年貴金屬的價格有波動，而且貴公司的批量也沒有達到另一個門檻，我們這邊本來是要調漲的，調降百分之三根本不可能。」供應商王先生說。

「那是不是可以先把第四季的貨在第三季先出一些，那就可以達到你們所要求的批貨量。」珍妮提出了建議。

「是可以。不過妳這麼做，第四季的量就減少了，那該季的價格又會提高，對於整年度的採購金額不會有太大的差異。除非你們第四季有特別的大單。」

「這……。」

訂單的量沒有增加，珍妮的談判籌碼似乎不夠，供應商也幫不了忙。

「這樣好了。我們和貴公司合作很久了，我回去再想想有沒有甚麼辦法。」

「好吧！那就拜託妳了。」

珍妮送王先生到公司門口，沮喪的回到座位上。

每天忙碌的工作，打了許多電話，約了許多廠商，想盡辦法卻苦無解決的方案，一轉眼又到了下次開會檢討的日子了。

「那麼，有含塑料的部分，靜電袋的包裝是否可以統一？成為一個單一品項，不要有那麼多的料號。」珍妮努力的在電話中和廠商在交涉。

「經理。要開會了。」Amy 提醒珍妮。

「好！我知道。我馬上進去。」

珍妮掛下電話後，匆匆忙忙的進了會議室，沒想到大家都已經到齊了，手拿著電腦，資料夾和水杯，沒有多餘的手去開門，珍妮用手臂壓下大會議室門的把手，卻來不及輕聲關上，發出碰的聲響，與會的同事們目光從投影機螢幕上移開，都回頭看了一眼。

「採購會議，採購經理怎麼最後一個到？」

珍妮不好意思地找了位置坐下。

「好！那開始吧！」總經理說。

珍妮拿了投影機的接頭準備接上筆電，卻發現沒有帶 HMDI 轉接 DB-15 的接頭。大家都在等她。

「我這邊有。」Joyce 說。

「還是Joyce 細心。」總經理稱讚Joyce。

「嗯！電子料多餘庫存的部分我已經查清楚了，被動元件已經請廠商下個月送貨的時候退回去，但是金額會打折扣。」

珍妮說明著報表上的項目，大家都專心的看著螢幕。

「主動元件聽說當初是業務要求研發下單的，這部分我有請教過龍 Sir，因為上個月業務主管出差，所以沒有辦法處理，是不是請 William 說明一下。」

業務主管說明了事情的始末，當初的確是因為要趕在競爭者之前推出產品給客戶，所以大膽的採用了新料，但是後來因為測試沒有通過，所以才會造成一大堆庫存的呆滯料。

「不能當替代料嗎？」珍妮問。

「就測試沒有通過，沒有承認書，這樣還聽不懂？」龍 Sir 嗆著珍妮。

珍妮抿著嘴，低著頭。

「好！繼續。」總經理說。

「接下來是採購金額的部分，我這幾個禮拜都和廠商討論過了，但是……」珍妮解釋著金額無法調降的原因。

「一大堆理由，那我請妳們來做甚麼？」總經理生氣的說。

「業界本來就很競爭，有辦法降低採購金額，提高生產良率，增加毛利率，我們才有辦法生存下去……」總經理繼續訓斥著所有開會的同仁。

「我有一個想法，不知道可不可行？」Joyce 舉手說。

「嗯！」總經理比了手勢請 Joyce 說明。

「我想庫存的那些料或許可以拿來做 Low Cost 的低價產品，晶片的性能或許沒有那麼強，但是性價比很優，最近業務那邊有談了一些印度的案子，我們可以拿來做促銷，整機的價格利潤也不錯。」Joyce 說完之後秀出了規格表，價錢以及和業務討論出來的銷售方案。

「這個不錯。」總經理高興地看著報表，並對 Joyce 比出了讚的手勢。

「科技產業靠的就是專業和溝通協調，想出對策。不是早到晚退裝作很認真很忙的樣子就能混得下去，我們不養閒人。」總經理看著珍妮說。

「那麼，庫存的事情就交給 Joyce 處理，珍妮妳不用管了，妳專心弄採購金額的事情就行了。如果沒有臨時動議，那今天就散會。」

珍妮在公司的蜜月期已過，之前又和龍 Sir 槓上，今天又被 Joyce 將了一軍，降三個百分點的事情還沒有頭緒，珍妮心情不好的走出了會議室。

很多的公司的內部都有派系之分，組織架構和企業文化影響著公司同事間微妙的關係，做人和做事如何拿捏是一個學問，但有時候的確很難，因為每個人都想往上爬。主管如果太過於客氣，則無法領導團隊，要求過於嚴厲，則會得罪同事，引起反彈，尤其是在做為一個新人的狀況下。展現經驗和專業是最好的方法，可惜珍妮在採購方面的資淺，加上又是空降部隊與同事間沒有交情，使得她無法讓其他已經在此服務了多年的同事和部屬們信服。

珍妮萬分沮喪的回到了座位，百分之三，百分之三，要怎麼樣才能做到，她一直在想著這個問題。身心俱疲，她好想好好修個假。雖然年資還不滿一年，可是因為身為部門經理，她有幾天的主管假，這是當初進公司時，人事部門的主管告訴她的。她登入了請假系統，請了兩天假，想出去散散心，按下送出後，系統顯示待簽核准為主管蕭 Sir 和人資處長林 Sir，有趣的是兩位英文名字都叫 Henry。

珍妮繼續看著報表並翻閱著相關資料，下午五點，信箱的提示訊息顯示她有一封新郵件。珍妮點開了信箱，是假勤系統所發出的信，上面顯示出她請的主管假被駁回。

珍妮不解，想說為什麼會被駁回，上面也沒有註明理由。於是她起身去詢問主管。珍妮到了主管辦公室，看到 Henry 和龍 Sir 有說有笑的在聊天。Henry 看到珍妮後說他正要去找她。

「妳的採購調降有想法了嗎？總經理剛剛打電話又問我一次。」

「嗯！還沒有。我正在想辦法。最近忙得很累，我想說休息個兩天，頭腦清醒一點後或許會有甚麼好的辦法。」

「累？我們誰不累？上班有輕鬆的嗎？」

「可是那是我應有的假期不是嗎？」

「妳不知道主管假是好看的嗎？做滿一年才有七天的年假，這是勞基法規定的。哼哼哼！」Henry 趾高氣昂的看著珍妮，發出嘲笑式的怪聲，站在他的辦公桌前玩弄著桌上的小擺飾。

珍妮氣憤地和 Henry 吵了起來。

「那是妳以前，不是現在。在這裡，我說了算。妳去把妳的事情搞定再來跟我說請假的事情。」Henry 頤指氣使的說。

吵鬧的聲音很大聲，辦公室裡面的人都聽得到。

珍妮甩了甩頭髮，怒氣沖沖地離開了主管的辦公室。

珍妮諸事不順，上頭交代的事情困難，同事間又起了摩擦，想休假又不准假，她真的欲哭無淚。回到座位上，她決定今天準時下班，關機後拿了包包步出了辦公室。在捷運上，感覺到好像全世界都拋棄了她，車廂搖搖晃晃的，她有點昏沉，感覺快喘不過氣來。在轉運站，她隨著人潮前進，似乎有點迷失了自己，看到了櫥窗裡的自己，面容憔悴。

隔天下午，珍妮決定親自去拜訪廠商，她打電話約了王先生，帶了禮盒過去。

「請坐。」王先生說。

珍妮拿出了禮盒給王先生。

「通常都是我們廠商給客人送禮，妳們是 buyer，這怎麼好意思。哇！好酒。」

王先生收下了珍妮送的威士忌禮盒。

「上回說的採購金額，是不是有甚麼解決的方案了？」

「我想過了，是有機會降價，但是不是所有的商品都能夠達到貴公司的要求，三個百分比，金額不小。」

珍妮打開了電腦，王先生拉了椅子靠過去看，珍妮很仔細地說明著，希望能有降價的空間，但是王先生似乎沒有認真的在聽，一直不斷的看著珍妮。

談了許多，沒有確切的答案，似乎是可以，又似乎是不行，一直在繞圈子。

「不然還有沒有其他的辦法？」珍妮問。

「當然有。因為決定的還是在人，不過就是錢，是吧？」

王先生把椅子拉得更近了。

「今晚到我那裡好好的喝一下，明天我就簽。」

他一手拿起了珍妮送的威士忌禮盒，一手搭在珍妮的肩膀上說。

珍妮心想怎麼會碰到這種事情，驚訝地推開了王先生，站了起來，奪門而出。

她回到了辦公室，氣憤極了，直接把這個月要下給王先生的單砍了，直接換了另一顆便宜的替代料。由於這顆替代料是研發部已經承認過的新料，上次和測試部門的會議工程師也提過，所以簽呈很快地就通過，直接送到會計那邊去了。

一個月很快就過去了，即將又要進行例行的採購月報，這天客戶剛好來公司拜訪，總公司歐洲那邊的副總也一起過來。

「Wow! What a beautiful X'mas tree. It must be very costly.」好漂亮的聖誕樹喔！總公司的副總稱讚著放置在公司大門前的聖誕裝飾。

「It's my money.」客戶開玩笑的說。

「Ha! Ha! It truly is.」總經理笑著說。

「Come! This way.」業務主管 William 帶著大家進到了會議室。

會議室的桌上放滿了茶點和礦泉水，投影機已經打開待機，大陣仗的規模，全員到齊，今天是公司最大的客戶來訪，絕對要讓客人賓至如歸。

寒暄著交換名片過後，業務們紛紛上前報告了年度計畫，也聽取了客戶的意見做交流。珍妮流利的英文簡報也讓客戶很滿意。

「We would like to invite you for lunch, we have booked the restaurant near by.」早上的會議結束後，總經理邀約客人共進午餐。

「No! Thanks! We would like to see the production line first，then we see if we have time because we have another schedule this afternoon.」

客戶表示想先參觀一下生產線，然後再看看有沒有時間，因為下午已經有約了。總經理示意了在場的工廠主管 Roger。

「快點準備好！客人要過去了。」Roger 立即用手機通知生產線的副理。

大夥兒都陪著客人一起前往生產線參觀。

「This is our SMT line, and reflow machine is on the side, it's for R&D use only, as you know, the mass production line is in China.」

這是我們主機板打件的表面黏著設備，旁邊的是回焊爐，僅供研發使用，生產線在大陸，這您知道的，生產線副理說。

客人走到後面，熟練的拿起旁邊的手套，並戴上靜電環，拿起一片主機板仔細地檢視著。

「Well done!」客人滿意地看著產品。

「Allow me.」龍 Sir 在一旁接下了客人手上的產品，準備放回架上，生產線上的作業員在旁邊認真的操作著機台。

「這顆是甚麼？」龍 Sir 露出了驚訝的表情質問著線上作業員。

「我們照系統的 BOM 表去領料打件的啊！」作業員不解的問。

客人繼續沿著工廠內部作業的動線向前參觀。龍 Sir 緊張地走到了生產線辦公室查詢系統，發現原來的零件庫存不足，所以上了替代料件。

「搞甚麼？」龍 Sir 生氣地站了起來。

「Thanks for your hospitality, but we really have to go now. Maybe next time.」客戶在生產線外脫掉了無塵衣和鞋套，婉拒了總經理的邀約。

「他們下午要去內湖那間吧！」業務對競爭對手的動態瞭若指掌，William 用中文小聲的對總經理說。

大夥兒送客戶到大門口後，紛紛去用餐，龍 Sir 則和業務 William 及總經理站著交談著。

「珍妮。妳過來一下。」總經理叫住了珍妮。

「那顆料是不是妳換掉的。」總經理問說。

「是！」

「為什麼？」

「原來那顆料件，廠商的價格降不下來，所以我用了這顆替代料，價格比較便宜。承認書都有，廠內外測試報告都有，而且研發都已經 approve 過了。你放心！」

總經理看了珍妮一眼，搖著頭，龍 Sir 在旁邊笑著。

「研發 approve 過了，但是客人答應了嗎？2nd source 是要不得已的情況下才能用，而且要先知會客戶，別忘了客戶也有她的客人要出貨。妳這樣亂搞，我們會被妳玩完。」William 生氣的說。

「William！趁客人還沒發現之前，你們趕快去處理。大陸那邊先停止生產，料件要緊急盤點，然後請 Joyce 趕快跟王先生下單，要註明急件，現在工廠內的成品請龍 Sir 幫忙找幾位工程師手焊換料……。」總經理表情肅穆的交代 William，沒有再看珍妮一眼。

下午三點多，系統的開會提醒通知傳來新的訊息，採購月會延期一天，珍妮看到訊息後，拿了水杯離開座位前往茶水間。

「經理！Henry 請您去樓下的小會議室。」Amy 說。

「現在嗎？哪個 Henry？」珍妮邊說邊按著飲水機的按鈕。

「是！是副總 Henry，他說叫妳帶著電腦。」

「好！」

珍妮喝了一口水後，蓋起杯蓋，走回座位處拿了她的電腦進到了小會議室。

「請坐！」採購副總 Henry 說。

珍妮拉了張椅子坐了下來，她看到人事部的 Henry 也坐在會議室內。

「這妳看一下。我去倒杯水。」採購副總說完後就走了出去。

「這是……？」

珍妮再度的失業了。

珍妮笑著走出了公司大門，像是什麼事都沒發生一樣。她到了信義計畫區 101 附近的商圈，失心瘋似地瘋狂購物，直到百貨公司營業時間結束才叫車回去。珍妮休息了好幾個星期後，才又開始投遞履歷，只是農曆年前工作沒有那麼好找。她也不情願地收起了驕傲，試著投遞其她職位比較低階的工作職缺，但是祭出的郵件都石沉大海，沒有回覆。

珍妮萬念俱灰，打了電話給之前的獵人頭公司。

「宋小姐，恕我直言，妳讓我很難做，本來以為合作良好，也一直以為妳是一位優秀的人才。我幫妳介紹到好公司，讓妳有好的前途，我也賺取傭金，結果現在搞成這樣，讓我和妳的 credit 都變差，我失去了傭金，也被扣了獎金，還被我主管削了一頓。很抱歉！我目前沒有適合您的職務。如果您不介意的話，我現在還有其他的客戶在等我。」

電話被掛斷了。

珍妮從此以後夜夜笙歌，夜店狂歡，一直喝酒買醉。信用卡所累積的帳單金額越來越高，她的支出也越來越多，存款也越來越少。就這樣過了好一陣子，珍妮有一天在清醒的時候整理抽屜，想到半年前在展覽會場時有遇到一位會說中文的印英混血富商 Michael，似乎對她還頗有好感，對方約了她兩次還頻頻送花獻殷勤，只是那時特別忙碌，所以就沒有繼續連絡。

她翻箱倒櫃找了好久，終於找到了名片，她心想或許這位富商可以給他一點幫助，可能會有甚麼機會。

「Hi! Jenny. Is that you? It's been a while.」嗨！是珍妮嗎？好久不見。

麥可在電話那頭說。

電話聊得很愉快，麥可約了珍妮出去。

「嗨！」麥可親了 Jenny 的臉頰，他們坐了下來，在民生東路附近的咖啡廳喝著下午茶，交談甚歡。

「嗯嗯！這樣吧！後天週末晚上在天母有個 party，看妳要不要過來，我介紹一些老闆給妳認識。」

珍妮向麥可訴苦，麥可了解情況後，邀約珍妮去認識一些可能對她有幫助的朋友。

週末夜晚，Jenny 喝了好多酒，醒來後卻發現躺在麥可的床上。接下來不久，她就時常和麥可約會，最後同居在一起。

「這回要去多久？」珍妮問。

「要去歐洲談一筆生意，大概兩個禮拜左右。」麥可穿著西裝，整理著公事包。

「不要我陪你去嗎？」珍妮撒嬌著問。

「下次吧！」麥可照著鏡子打上領帶。

麥可時常出差，而每次出差的時間都很久。麥可出差的時候，都會叫珍妮回去，而她也就回到她的住處，耐心的等待。

因為麥可喜歡喝酒，而珍妮也因為失意，已經養成了酗酒的惡習，每天都要喝上很多才睡得著。

「嗯~」珍妮放下了酒杯，覺得有點不太舒服。

她倒了一杯溫開水，覺得再這樣下去不行，決定明天開始戒酒。

兩週後，珍妮已不再喝酒，可是還是會覺得身體怪怪的，且時常頭暈嘔吐。

「沈小姐，妳身體很好，沒甚麼問題。恭喜妳，妳懷孕了。」

珍妮走出了醫院，高興地想打電話分享這個消息給麥可知道，可是麥可電話沒接，她心想可能正在轉機，等回來後再給他一個驚喜。

又過了好幾天，麥可始終關機，也沒有聯絡。珍妮越想越覺得不太對勁，晚上十點多，她又從櫃子裡拿出酒來喝，珍妮喝了一杯酒後，她離開家裡前往麥可的住處。

珍妮到了印英富商的豪宅後，穿過 lobby 快步走向電梯，新來的保全問她要找誰？！

「妳不認得我嗎？我是 Mr. Mohamod 的好朋友。」

「不好意思！我不認識妳。我是新來的而且這是規定。妳必須先換證登記。」

珍妮大吵大鬧，引來了保全室的主任。

「妳好！宋小姐。有甚麼可以為您服務的嗎？！」

「我上樓去找我朋友，為什麼要找我麻煩？！」

「您是說住在十五樓的莫漢默德先生嗎？！」

「是的。」

「妳沒有看電視嗎？他因為詐騙，還有和多位女子交往產生糾紛，前幾天被驅逐出境了。」

「什麼？被驅逐出境？」

警衛們抿著嘴笑，主任則抱以同情的眼光。

「宋小姐。是的。我們看到的是這個樣子。而且之前還有人來討債鬧事，都被我們擋了下來，警察都來了。我想，他不可能再回來了。」

「啊～」珍妮大聲地叫了出來。

珍妮一臉茫然，神情呆滯，腳步沉重地走出了大樓……。

珍妮到了街口的便利商店拿了瓶酒，結帳後卻發現皮包裡只剩下零錢。

她取出提款卡到 ATM 前提款時卻發現餘額不足，帳戶內只剩下一百三十四元。

她辛辛苦苦省下來，帳戶內五百多萬的存款沒了。
珍妮失魂落魄的走在繁華的台北街頭。
「嗨！晚安。您好。」
代客泊車的服務生向她打招呼，這是先前她和富商常去的餐廳。
她完全沒有反應，整個人已經崩潰了。
「叭……」
珍妮穿越馬路，無視交通號誌和街上來往奔馳的車輛。
一輛大卡車轉彎，快速地迎面駛來……
珍妮的絲巾飄在空中，越來越遠，越來越遠。

Chapter 3 國手

「啪！」

「對！手舉高一點，手舉高一點。」

「同學我跟你說過好多次了！發球的時候膝蓋要微蹲，像一個彈簧一樣，往上的時候腰桿要挺直。這是你發球的缺點，知道嗎？！」

「知道了！」

「小胖你又在摸魚，來這邊練球。」

噹噹！

下課的鐘聲響起。

「今天的值日生是誰？」

「就是小胖啦！哈哈！」

「小胖你把球都收好，抬到體育室內。」

「又是我。」

「就是你。趕快！」
「其他同學們！下課。」
小陳是學校約聘的體育老師，一年一聘。從體院畢業後已經五年，一直在這所國小任教。
「陳老師好！」
「妳好！」
「陳老師！」李老師向小陳打招呼。
「李老師！辛苦了！」
「哪裡！不會！」
「甚麼時候可以喝到你的喜酒啊！上回那個女孩子很漂亮喔！」
「呵呵！」
陳老師傻笑著！
「對了！上回跟你提到的保險投資的事情你決定的怎麼樣了。我跟你說喔！結婚後還有孩子的教育基金現在開始存剛好！每個月只要幾千塊……」
「嗯！李老師。不好意思。我下一堂要上游泳，得去換衣服了，學生們都在等我。」
「好吧！有空再跟你聊好了。」
小陳快步地往體育大樓的方向走去。

進到大樓內推開泳池的玻璃門後，撲鼻而來的是濃厚的消毒水和沐浴乳味道。小陳快速的打開蓮蓬頭沖洗並換上泳褲泳帽。

「嗶！」

「好！各位同學，來這邊集合。」哨子聲音響徹了泳池畔。

「今天不點名，因為等下評量的時候就會點到你們了，所以要落跑的同學要注意。」

「今天要來複習蛙式，學校有規定，如果期末游泳成績沒過的話是不能畢業的，請各位好好的練習，在水裡不要緊張，記住老師上回教你們的要領來練習就可以了。」

「老師！我今天不舒服。」

「怎麼又不舒服。」

「她今天那個來。」

「好吧！我上回看妳的泳姿和換氣都還不行。妳得多加強練習。至少要能夠來回游一趟才可以畢業，考試的時候督學和其他的老師也可能會在，老師想放水也沒辦法喔！」

「嗯！」

「暖身後依學號分兩排陸續下水練習。注意不要停留在水道上。」

學生們打打鬧鬧的陸續下水練習，小陳在一旁觀看。

時間很快的就過去了，結束了學校教學的一天。

走出了體育大樓，小陳看見小君站在機車停車棚下等著他。

陳老師的女朋友小君跟他一樣是泰雅族人，是他體育系的學妹，在另一所國小擔任教職。

「妳怎麼跑來？下午沒課？」

「你都忘了。你不是說上回你去附近的山上，有一間咖啡廳很讚！說好今天要帶我去。哼！」

「哈哈！逗你的啦！我的小公主。妳看，我帶了兩頂安全帽，哪會忘了？！」

「誰知道你不是要載別的女生。」

「別鬧了！我的公主。」

「我是公主啊！欺負我小心我老爸給你出草。」

「不敢！馬—上—出—發。」

「吼！老師談戀愛。」

「小鬼！」

噗噗噗噗~

小陳載著小君快樂的出遊，從市區喧囂的車水馬龍轉到郊區的稀少人煙，視野由灰轉綠，由狹隘變的開闊。

「哇！下面那裡一定有魚。好想下去泡一下水。」

「不行啦！那裡禁止戲水。」

「這個！這個！」小君坐在機車後座，一手抱著小陳一手指著路旁的一間羊肉爐店。

「我朋友說這個很好吃喔！」小君開心的說著。

車子緩慢的停了下來，引擎聲和風切聲終於停了。

「到了！」

「哇！真的好棒喔！」

小君脫下了安全帽，看著咖啡店白色的獨棟建築和薰衣草花園裡的露天咖啡座，滿花盛開的山中花園，後方就是層層青翠的山巒，下面還有條溪水靜靜的流著。

小君雀躍的拿起手機拍照。

這裡的蛋糕也很好吃喔！聽說老闆也是Atayal的。

小君看著遠方的山巒。

「想家了？」

「嗯！」

「你不是說好要陪我回部落。」

「會啦！」

「什麼時候？說了好幾年了，從來就沒有實現過。」

小陳靦腆地對著小君微笑，低頭不發一語，然後抬頭望向遠方的山巒。

「同學們！集合。」口哨聲響起。

陳老師請值日生將球具收好，集合後解散下課。

「陳老師！」

「校長好！」

「陳老師！待會兒請您到校長室來，想和您聊聊。」

「好！我整理好馬上過去。」

「沒關係！慢慢來！」

校長走到了球場，請陳老師稍後到校長室。

「請坐！」

「要不要喝茶？」

「嗯！不用了。謝謝。」

「那好。是這樣的。這學期就快結束了，你一直表現的都很好，學生們也都很喜歡你。我們學校雖然很重視體育，可是你知道的，家長還是以升學為主，而且教育部有規定，要請不到正職的老師之後才會再找約聘人員，這學期結束後你可能要休息一陣子了。不過，暑假這兩個多月，游泳池有救生員的職缺，不知道你願不願意去……這是張主任的聯絡電話。

「好的！謝謝！我考慮一下。」

小陳步出了校長室，心情沮喪地走過了操場……。

小陳是個樂觀的人，有著原住民樂觀而不服輸的個性，只是目前的教育體制以及規定，他也只能無奈地接受。

先吃飽再說吧！累了一天也餓了，小陳騎著車到了他愛吃的小吃店停了下來。

吃著熱熱的大碗湯麵，看著店家的電視……。

「高雄縣議員二日再為流浪教師請命，議員們表示有流浪教師「因為沒有明天」受不了長期挫折而「跳樓」形成社會問題，縣府教育處長李黛華建議朝增加教師員額和降低每班學生人數雙管齊下「解套」，以提高教師錄取人數……。」

新聞播報畫面和內容讓原本開心用餐的小陳變得愁容滿面，吃麵的速度也慢了下來。他低著頭舀著湯汁，變得心事重重。

「叮咚叮咚」小陳的手機傳來簡訊。

他看了一眼後，付了錢，去接小君。

「今天帶我去那兒？」小君一邊戴上安全帽一邊問著小陳。

「帶妳去很甜的地方，妳最愛的。」小陳說。

車子在一間豆花店門口停了下來。

「很甜吧！哈哈！」小陳逗著小君說。

「等一下我們去附近逛逛再回去，好不好？」

「好啊！」

兩個人走在街上，黃昏的約會，好不甜蜜。經過了一間婚紗店，小君慢下了腳步，望著櫥窗內的白色新娘禮服，小陳當沒看到。

暑假到了！小陳和沒有了約聘的教職工作，只能一邊丟履歷一邊在游泳池打工。

「哇！好帥喔！」

「你不知道嗎?!他是國手耶！」

「去年亞運會上我在電視上有看到他。」

「有嗎？我怎麼不知道。」

「沒得獎牌都不會出名啦！」

小陳裝作沒聽到。

夏天的泳池畔天天爆滿，來這裡消暑的民眾男女老少都有，雖然水不深，但是也曾經發生過意外，不像是在學校裡教學，小陳得時時刻刻繃緊神經，環顧著水中的每個人，每天回到家後都累得像條狗一樣，然而時間過得很快，夏天一轉眼就又快溜走了。

「同學會？什麼時候？」晚上九點多，小陳已經睡著了，被電話聲響吵醒，是體院同學阿德打來的電話。

「就這個週末啊！在……，要不要來？」阿德在電話那頭大聲地說。

「在哪裡？你那邊很吵，我聽不清楚。」小陳睡眼惺忪的問。

「你是不是在睡覺啊？怎麼那麼早睡？真的是遵守紀律的國手，我這邊才剛要開始。好啦！我再發簡訊給你，繼續睡吧！」阿德說完後掛上了電話。

「哪！這是你的。」暑假結束了，最後一個工作天泳池休館，小陳和另一名救生員小顧正努力地在清理泳池，管理室的祕書拿了裡面裝了工資的信封袋交給他們。

「接下來怎麼辦？」小顧問。

「涼拌炒雞蛋。」小陳無奈搞笑地回答。

「我要先載我女友去環島，回來後先去工地做粗工，要不要跟我去？一天一千五。」小顧說。

「謝謝！不要。我走啦！」

新的學期即將又要開始，小陳和他的救生員夥伴都沒有找到教職的工作，只能兄弟爬山，各自努力。小陳發動摩托車後，離開了游泳池。

下午三點多，小陳不知道要去哪？暑假小君回部落去了，下禮拜才開學，還沒回來。初秋的午後還是熱得要命，小陳領了工資，跑去吃芒果冰。

「同學。不要醬。哈哈哈哈！」冰果室內一群國中生們正在嬉鬧著。

「對厚！同學會。好像是今天。」小陳拿出手機查閱著前幾天晚上阿德傳來的簡訊。

「靠！是今天。還還在宜蘭。全體總動員——夏末沙灘趴？挖哩咧！」

小陳看著手機自言自語。

「那麼遠！唉呀！好吧！」小陳吃完了芒果冰後，發動了機車，一路狂飆，九彎十八拐的北宜，小陳在天黑前就到了。

「是這裡吧？濱海路 168 號。怎麼沒有人？」小陳納悶著在門口張望。

看著天空的星星，聞著夏日夜晚吹來的海風，感覺好舒坦。

「呀呼~」一台疾駛而過的機車急停在對面的雜貨店門口，小陳轉過頭看了一眼。

「那不是史蛋嗎？後面好像是魏兒。」

小陳準備過馬路去確認是不是他同學，只見他們提了一大袋啤酒後就又揚長而去，根本沒看到他站在對街。小陳遠遠的只看得見機車剎車的紅色尾燈，轉入了一間廟旁邊的小路。小陳跟了過去，穿過廟旁邊的樹林，看到遠處沙灘上的營火堆旁圍坐了一群人。

「依哈！國手來了。」明錦說。

「吃飽了嗎？來！這片五花肉給你。」保羅從烤肉架上夾了一片還蹦著油花的大片五花肉放在盤子上拿給小陳。

「同學會開在這裡會不會太嗨了？」小陳大口的咬下肉片說。

「這是會長要求，我們不得不從。哈哈！」史蛋說。

「來！這罐給你。大家來乾一杯！」阿德從冰桶裡拿出了一罐啤酒給小陳。

「厚搭啦！」大夥兒爽快地喝著啤酒。

學校畢業後，同窗好友們各奔東西。大多數的同學若不是選擇教職，就是從事跟運動有關的職業，有的去做健身房的教練，也有些人去考警校，唸體育的選擇不多，要從事其他行業，全部都得重新來過，而阿德則在海邊開了間衝浪店。

「小陳！快開學了吧？還在原來的學校嗎？」

「今年的約聘沒有了！」

「嗯！沒關係！我們很多人都在流浪，四處打工。」

「史蛋！你呢？」

「我幫阿德打工，在海邊顧店，出租衝浪板，衝浪教學，暫時賺一點零用錢，明年我要去考警察。」

「還有把妹！」
「哈哈哈！」
同學們在海邊的沙灘上，圍著營火烤肉，互相關心彼此的近況。
「我在蘭嶼國小。」
「那麼遠！」
「有加分啊！而且我又不像你長得那麼帥，有女朋友。」
「哈哈哈！」
同學間的感情深厚，好久不見，除了關心近況，也彼此互相揶揄。
「甚麼時候結婚啦！帖子發一下。」
「唉！工作不穩定，存不到錢，想到將來還要買房子，還要養小孩……。」
「也是！尤其現在少子化，學校的學生越來越少。像我的學校，以前要三個體育老師才夠，現在只需要兩位，還好校長沒有叫我走路。」
「你運氣好！我才倒楣。不知道教育部在幹嘛？把一大堆大專院校升格為大學，而學生人數沒有增加，反而減少的情況下，很多學校都招不到學生，最後如果不是和別的學校合併，就是倒閉。你以前有聽過學校因為這樣而關門的嗎？我就是一畢業也就選擇了這所私校，當初是因為薪水比較高所以才去，結果現在很慘，學校如果再找不到學生，我就失業了。」
失意的同學們都紛紛地互相抱怨，相互取暖。

「真懷念以前在學校念書的日子，無憂無慮。」小陳看著營火說。

「有一首歌，輕輕唱過，在我們年輕歲月中……」小蔡彈著吉他，輕輕哼唱了起來。

「別想那麼多啦！今朝有酒今朝醉。乾啦！」

同學們在歡笑中和溫暖的營火旁，躺在沙灘上聽著海浪的聲音，在無垠的星空下紛紛睡著了。

同學會結束後，小陳回到了住處。暑假結束了，學校也開學了，突然失去了教職，不知道下一步該怎麼走。小陳躺在床上看著手機，瀏覽著求職網站上的工作。大部分的工作都和他的專業無關，想說當初為什麼要念體育，為了一圓當國手的夢？從學校選拔到區運會，全國大專……一直拚到亞運，他一直回憶著過去努力的日子……。夢碎了，現在連找個教職都那麼困難，他放下手機，躺在床上看著天花板。

「叮咚！」小君傳了簡訊過來。

「晚上吃甚麼？」

「隨便。」

「吃火鍋好不好。」

「嗯！」

小陳從床上爬了起來，穿上外套，騎著車去接小君吃晚餐。

「哪！這給你。」小君夾了肉片給他。

「你好像瘦了。」

情侶倆享用著浪漫的晚餐，小君說著今天學校發生的趣事，小陳也分享他去同學會的事情。

開學後，小陳只能偶爾接一些代課的工作，或是到附近的泳池教學，賺取微薄的鐘點費，收入極不穩定，心情也大受影響。他想著再這樣下去也不是辦法，等新學年度教職的機會也不確定，他只好開始思考著去從事其他的行業。有很多的工作其實入門的門檻很低，但是術業畢竟有專攻，三百六十行要出狀元也得有本事。他想過房屋仲介的工作，有些起薪很高，但是三個月後就沒有了，只能靠業績的抽成，菜鳥所分配到的案件也不會很優，這些他都有請教過朋友。賣車的門檻雖然也不高，但是他沒有興趣。他看到有些餐廳或是攤販老闆開著賓士轎車，他和開餐飲的朋友聊過，固定店面的成本很高，店租，裝潢，生財器具，水電瓦斯，人事開銷，還要有精湛的廚藝本事，客人才會持續上門，此外，要起得很早準備食材，休息後還要打掃和熬煮隔天的高湯。攤販和餐廳一樣，除了成本較低之外，功夫也要好，接觸的人複雜，環境不佳，有時候警察還會開單，想到這裡，他也放棄了。想來想去，尋尋覓覓，不是沒有興趣，就是要重新來過，站在人生的十字路口上，他難以抉擇。

他還年輕力壯，想到小顧提到過的工地粗工，不需要專門的技術，在等待下個學年度的這段時間內，倒是個不用煩心的選擇。

「危險！不要在這邊。」工地現場的工作人員對著小陳大聲喊叫。

小陳按著小顧說的地址，來到了工地，現場是一棟布滿水泥，還未完工的新大樓，外頭牆面上都是鷹架，周圍還圍上網子，上面有人在施工，樓下停了幾台老舊的貨卡和一台水泥車，水泥車上面的儲存槽一直不停的在轉動著，現場地上有些髒亂，到處都是灰塵，垃圾以及水泥袋及散落的釘子。

「我找主任。」小陳大聲的喊，因為現場噪音很大。

「去裡面辦公室。」現場的工人說。

小陳走進大樓，裡面很昏暗，還差一點踩到東西跌倒，走了一會兒看到前面有一塊帆布圍起來的地方，前面放了桌椅，上面有燈光，他想這就是所謂的辦公室。

「老闆你好！」

「喔！我知道。你是小陳，對吧？小顧有跟我提過。我是工地主任，叫我阿仁就好了。」

「主任，嗯……阿仁，你好。」

「少年仔！你會做甚麼？」

「我聽說這裡有缺工，我甚麼都可以做。」

「你有水電執照嗎？堆高機執照？或是甚麼勞安的證照？」

「都沒有耶！」

「會綁鐵仔嗎？還是會板模？」

「不會，不過我有抹過水泥！」

工地主任看著小陳，這傢伙好像都沒有經驗。

「這樣好了！你做雜工，每天一千二。」

「啥？不是一千五嗎？」

「你甚麼都不會，我怎麼給你一千五。」

小陳有一點失望，但是不做就沒有收入。

「你嫌少，也有一天五千的，而且不需要證照。我看你漢操美麥，不然你去搬水泥。」

「真的假的？怎麼做？」

「就把水泥從貨車上搬下來，然後放到棧板上，一包一包堆疊起來，就這麼簡單。」

小陳聽了有些懷疑，一天五千，一個月不就有十幾萬。

「沒有錯，就是這個錢，當然要看你搬多少，一般人一天的收入都在五千塊左右。」

「對！門口貨車上那裡還有一些水泥，旁邊地上有手套，你要不要試試看。你把那些搬完。」

「好！」

小陳走到工地外面，開始搬水泥，半個小時後，主任走出來看。

主任數了一下，看到他搬了七十幾包水泥放置在棧板上，堆疊的也沒有很整齊。

「很吃力厚？」主任說完後往旁邊的鷹架走過去跟其他的工人說話。

下午五點多，工地外的人潮越來越多，小朋友下課了，上班族也趕著去坐車，天也快黑了，小陳走進了工地的臨時辦公室。

「嗨！小陳你來了。」小顧看到小陳高興地說。

「是啊！你吃檳榔喔！」小陳看到小顧在吃著檳榔覺得很驚訝。

「嘿呀！」小顧繼續嚼著檳榔，滿嘴通紅。

「來！這你的。」主任發放著今天的工資給在場的工人。

「小陳你搬了多少？」

「一百多包吧！」

「好！」

主任拿了一千塊錢給小陳。

「明天繼續？」主任倒了一杯保力達P給小陳。

「嗯……」小陳猶豫了一下。

「一包是五十 Kilo 喔！剛才一個多小時你才搬了一百多包，而且我剛剛看沒有堆得很整齊，零零落落。一般做這行的，每天都要搬八到十趟左右，一趟是一百包，這樣才有辦法一天賺到五千塊。剛才是多給你的。」

「我是沒有差啦！你搬得少就領得少。聽說你以前是國手？」主任接著繼續說。

「我明天會來。」小陳沒有回答他國手的事情，拿起杯子喝完後就離開工地了。

一天結束，工人們也都休息了，小陳和小顧分別騎著摩托車到了附近的自助餐店吃飯。

「媽！那個叔叔好髒喔！」

「來！我們坐這邊。」

兩個人全身上下都是水泥，油漆和汗水，餐廳裡用餐的母女倆看了就覺得骯髒，媽媽拉著孩子的手，端著餐盤挪到了隔壁桌，小陳看在眼裡覺得很尷尬，小顧倒是習以為常了。

「還好嗎？」小顧抬著頭看著電視，一邊嚼著飯菜一邊說。

「還好！只是腰有點酸。」

「我們是游泳選手，不是舉重選手，你不要受傷了，傷到腰就賠大了！」

「嗯！」

「所以我寧願領一千五，我不要領五千。」

「你怎麼沒有考慮健身俱樂部，可以發揮你的專業。」小顧接著說。

「之前聽阿德說他有待過一陣子，他說那裡的經理很機車。」

「又不是每一間都是這樣，現在流行有氧，深蹲，TRX，到處都開了很多健身俱樂部，你可以去試試。」

「那你怎麼不去？」

「我又不是一輩子都要待在那裡，而且聽說有時候健身教練還要背負業績，這個我做不來。而且做這個比較單純。哈哈！」

「那你還叫我去。」

「好啦！你自己考慮一下，我只是建議。你是要搬水泥，還是做雜工都跟我無關。其實粉刷油漆和綁鋼筋也不錯，我已經快要熟練了，師傅有跟主任說，下個月或許就會加薪了。」

小陳在工地做工，就這樣過了一年，新的學期還是沒有教職的空缺，暑假他也沒有再去游泳池，繼續在工地打工。

這天假日，小陳騎著摩托車載著小君到基隆去玩，假日郊外沿路上的車流很多，一路上小君緊緊的抱著他。

「到了！」

「哇！好漂亮喔！打卡！打卡！」

小君看到港口邊的老舊公寓塗上了七彩的顏色，果然是週休二日打卡的著名景點，小君雀躍地從車上跳下來。

「唉呦！」小陳痛得叫了一聲。

「怎麼了？是不是我抱得太緊了。」

「沒有啦！沒事！」

小陳將機車停靠在港口邊，旁邊停了許多大大小小的漁船，往來的遊客也不少。

「來！看這邊！」小君擺了許多不同的pose，小陳拿著手機不停地拍。

「都是我的照片，我們請別人幫我們拍好不好？」小君說。

「不好意思！可不可以幫我們照相？」小君請旁邊路過的夫妻幫忙拍照。

喀嚓！喀嚓！好心的路人幫他們拍了好多照片。

「要不要拍一張跳起來的？」

「好喔！好喔！」

「來！一二三。」

「跳得不夠高！再來一次。」

「一二三。」

「唉呦！」

小陳蹲在地上痛得大叫，小君和拍照的路人都嚇到了。

「怎麼了？還好嗎？」小君趕緊扶起了小陳。

「沒事！有點痛！應該是閃到腰了！」

「這給你！」路人說著從包包裡拿出了片痠痛貼布。

「我先生辦公室坐久了，腰部也不太好，所以我隨時都有準備。」

小君扶著小陳，到旁邊找了個地方坐下，幫他貼上。

「要不要喝點水？」小君貼心地拿水給小陳喝。

兩個人坐在港口邊休息，看著往來的漁船，看著倒影在水中的建築物，漁船和天空的白雲，還有在漁船邊游來游去的小魚。

「要不要早點回去休息？」小君問。

「你不是說還要去九份，然後去廟口吃東西？」

「你這樣怎麼去啊？」

「嗯！」

「九份不要去好了，我們去基隆火車站旁邊的小吃店，那個豆腐包和魚丸湯好好喝喔！回去的時候順路會經過。」

小陳點點頭，戴上安全帽，載著小君騎著車往回程的方向前進。

「好吃吧！這裡還有臭豆腐喔！」

「嗯！好吃！」

「要不要再一碗？」

「不了！很飽了。」

「多少錢？」

小君站了起來，從皮包裡拿出了一千塊錢大鈔給小吃店老闆，小陳正喝著湯，來不及阻擋，老闆已經收下找零給小君了。

小陳覺得很丟臉，尤其老闆收錢的時候還看了他一眼，讓他很沒有面子，或許人家沒有甚麼意思，可是他感覺到自尊心受到了傷害。

「前面有好大的郵輪喔！我們去看看。」小君指著前方，兩個人吃飽後散步往前方的港口走過去。

「妳是不是看不起我？」小陳說。

「你是怎麼了？」小君停下腳步看著他。

「我是不是很沒用？連去當個體育老師，也沒有學校要用我。」

「當初不是跟你說，修完教育學分後要再準備資格考嗎？你就不聽我的。」

「當初忙著比賽訓練啊！我本來以為可以拿金牌的，不然至少也有前三，到時候就可以當專任教練，也會有廠商贊助，誰知道現在連分數都不夠，沒有資格。」

「你可以再準備一年去考啊！」

「現在的制度改來改去，我也搞不太清楚，還得找時間去教育部問清楚，算了。」

「你怎麼現在變得那麼容易就放棄。那你因為去做工，傷到身體，這樣划得來嗎？」

「我就喜歡這樣，妳管我！」小陳大聲的說。

「好！我不管你。我自己坐車回去。」

小陳發脾氣，兩個人吵了起來，小君生氣地一個人快步地往車站的方向離去，小陳沒有攔住她，等到他後悔追了過去時，小君的身影已經消失在火車站的人群中。

他想著剛才小君說的話，慢慢的走回到車子旁，騎車離去。

小陳沒有往回去的路上，他沿著濱海公路，經過了福隆、三貂角、石城、大里，一路騎到了阿德的衝浪店。

他沒有看到阿德，倒是看到史蛋和魏兒在店門口外整理東西，店裡面還有一個女孩和兩位盥洗完畢正在吹頭髮的客人。

「嗨！小陳。好久不見。怎麼有空來？」魏兒說。

「你們兩個怎麼在這裡？阿德呢？」

「阿德在海邊，今天有預約教學的客人。」

「是喔！史蛋你不是去考警察，考上了沒？」

「考上了啊！我過幾天就走了。魏兒來接我的班。」史蛋高興的說。

「我也沒有要接很久啦！年底我就要去澳洲 working holiday，再不去就超齡了。哈哈！」魏兒說。

「我們現在要去衝浪。要不要一起去？」

「打工還可以下水玩喔！快天黑了耶！」

「這是 worker 的福利啊！每天的一大早或是黃昏，我們都可以去玩！還有一個多小時太陽才下山，來嗎？」

大夥兒在夕陽餘暉下，泡在水裡享受著浪花，也享受著友情。

「今天的浪真不錯！魏兒妳那個水花撒的真漂亮，噴到史蛋我真快笑死了。」

「不給他一點下馬威當我是吃素的，別瞧不起女生。」

「哈哈哈哈！」

晚上大夥兒聚在店裡面聊得很開心。

「來！這杯藍色小精靈特調給你。」阿德調配了一杯雞尾酒給小陳。

「你很會耶！這到底加了甚麼亂七八糟的。」小陳接過了酒杯皺著眉頭看著。

「他有甚麼就加甚麼！阿德很窮耶！」史蛋說。

「怎麼可能？」小陳啜飲著他的特調說。

「他工資都只發一半，其他的都拿衝浪板還是衣服來抵，要不是我們是同學，我早就不幹了。」史蛋說。

「來！剛才都沒給你介紹。這是我女朋友。事實上你要叫大嫂，我們快要結婚了。」阿德邊調酒邊說。

「我年底店要收起來了。」

「怎麼了？不是做得好好的嗎？我聽同學說你生意很好啊！」

「只有夏天生意好！冬天冷死了誰要來？會來的自己都有裝備了。而且附近越來越多間衝浪店了，這間店也是租的，經營起來很辛苦。」

「那你接下來怎麼辦？」

「我跟老婆回台中家裡工廠做事，這樣也會比較穩定。」

「嗯！」

大夥兒聊到深夜，全都窩在小小一間衝浪店的通鋪上擠在一起睡著了，好像回到了學生時期的快樂時光。小陳在海邊盡情的放空，待了好多天後才回去。

「嗨！小陳。回來上班啦！」小顧說。

「嗯！我不想再搬水泥了。想做一般的雜工就好了。」小陳說。

「也好啦！雖然錢多，但是天下沒有白吃的午餐，做那個很容易受傷，不過你還是要問一下阿仁看有沒有缺。」

小陳去找了工地主任阿仁，談過了之後，就沒有再做搬水泥的工作了，他不想把身體弄壞，他同時也去詢問了教育部，要怎麼樣才能夠拿到正式的教師證照。

「一起吃飯吧！」下工後小顧約小陳一起晚餐。

「不了！今天有點事情，你自己吃吧。」

小陳下工後就在學校門口等小君，小君遠遠的就看到小陳，一路走過來時就一直瞪著他，然後繼續往公車站牌的方向快步地走過去，其實小君每天都在等著小陳。

「妳看！好吃的麻糬喔！很甜喔！」小陳在公車站旁逗著小君，小陳站在右邊，小君就往左邊看。

「嘻嘻！」旁邊等公車的學生們都在偷笑，小陳不以為意，可是小君卻有點難為情，畢竟這是她所任教旁邊的公車站。

「嫁給他！嫁給他！」來了幾個比較皮的學生在旁邊頑皮地起鬨著，兩個人都笑了出來。

「啊！好痛！」

「走啦！我肚子好餓！」

小君捏著小陳離開了公車站牌，兩個人又和好了。

就這樣又過了兩年，小陳終於拿到了教師證，可是卻還是沒有找到教職的工作，因為真的都沒有空缺，小陳也只好繼續打工，繼續申請，繼續等待。

「喝杯水吧！休息一下！阿仁買了很多蔥油餅給我們當下午茶，有加蛋的喔！那麼冷，吃這個等一下就熱起來了！」小顧拿起掛在脖子上的毛巾擦了擦汗水，走到小陳的身邊說。

「對啊！今年的冬天很冷，甚麼暖冬？沒感覺。」小陳說。

「這間的不錯吃吧！很多人排隊喔！」小顧大口地咬著蔥油餅說。

「對了！我要回學校了，我申請到了。」小顧接著說。

「真的！恭喜你，在哪裡？」

「在三星。」

「那麼遠！」

「沒選擇啊！不然要等到天荒地老。」

「我聽說附近的南山還有空缺！詹校長你記得嗎？他轉到那邊了，你去申請一定沒問題的。而且離你老家不遠。」

「我不要啦！小君在這裡教書。」

「有女朋友真好！你自己考慮看看啦！」

小陳下工回去後一直在想著這件事情。

「怎麼了？心情又不好了！」小陳和小君講著電話。

「沒有啦！」小陳把今天小顧跟他說的訊息告訴了小君。

「其實我也很想回去。來台北那麼久，我還是不習慣。而且請調回去還有加分。我們也可以回部落去發展，你也不一定要當老師，現在經營生態農場和露營區好像也不錯。」小君說了一堆，其實是想跟阿俊一起回去。

「我還是想當老師啦！不知道那邊學校情況現在怎麼樣？我去問問看好了。」

小陳找了個週末假日一個人騎車到南山找詹校長，了解現在學校的情況，很幸運的，原本的體育老師再一年就退休了，而且小二的班導師不習慣山上，也準備請調回去，小陳開心極了。

「哪！這是你的工資。」工地主任阿仁拿錢給小陳。

「這麼多？」小陳數了數薪資袋子裡的錢。

「最後一次發工資給你。祝你一切順利。」

「仁哥！謝謝你。有空來山上找我玩。」

暑假過後，小陳和小君兩個人高高興興地打包著行李，他們終於一起回部落了。

山上的四季變化明顯，春夏秋冬的變幻多彩而繽紛，冬天冷冽嚴峻。眺望遠方的大山還可見到靄靄的白雪，春天的晨霧間，百花含苞待放，好不美麗，空氣中飄來的清香讓人心曠神怡，而夏天中午的高溫直讓人汗流浹背，烈日照耀在潺潺溪水間反射出的波光粼粼讓人忍不住想跳入水中來個清涼痛快，秋天的楓紅則是美的詩情畫意，若是午後大雨過後，還可見到七色的彩虹。

遠離台北的紛擾，住在自己部落傳統木製的泰雅家屋裡，又可以在自己的家鄉工作生活好不自在。時光如水流，轉眼又是春風柔，一個學期又快要結束了，五月初的一個週六下午，小陳到附近的山上幫長老採集藥草，小君也陪他上山。情侶倆開開心心，打打鬧鬧的走著山路，還不時的鬥嘴。草藥找的不多，他們繼續往前走，到了一處湖邊，小陳故意惹小君生氣，有一點吵了起來。

「我們交往那麼久了，再這樣下去也不是辦法！」小陳說。

「那你想怎麼樣嗎？」小君急的有點快哭出來。

小陳沒有理她，從袋子裡拿出了罐啤酒自己喝了起來，小君這次真的哭了出來。

「想這樣啦！」

小陳喝完啤酒後，扯下了拉環，在小君面前跪了下來。

小君喜出望外。

「妳想怎樣，說清楚！」小君笑了，卻又馬上收起了笑容，板著個臉，這下換她占上風了。

「就這樣啊！」

「怎樣？」

「嫁給我！」

「以為這樣就算了！拿個拉環來呼攏我。」

「我又沒有下山！下山再買給妳嘛！」

「要真的喔！很大顆的喔！」

「多大顆？」

「像石頭那麼大！」

兩個人又打打鬧鬧，甜甜蜜蜜了！

鳳凰花開，六年級的小朋友們即將畢業，小陳在學校改考券，看著家庭聯絡簿，整理著學生們的成績單，畢業證書，還有印刷廠剛送來的畢業紀念冊。

「陳老師！」

「右！」

校工老王走進了教務處。

「你媽媽說今晚長老要到你家裡來吃飯，要你早點回去。」

「喔！好的。謝謝你。」

小陳猜想應該是要談結婚的事情，還真麻煩。下午五點整，小陳放下了手邊的事務，準時離開了學校。

「這個菜拿去洗一洗，切一切！都沒有幫忙。」

媽媽在廚房內大聲地叫著正在門口閒晃的小陳。

「好啦！」小陳也大聲地回應。

「啊！算了！你先去後面，把那桶小米酒搬到前面來，然後去阿香阿姨那裡買一瓶胡椒粉回來，上禮拜叫你去採一些馬告也給我偷懶。都沒有幫忙！」小陳走進廚房後，又被媽媽碎碎唸了一次，他抓了抓頭趕緊照辦。

天色已暗，小陳拿著胡椒粉，騎車回來的時候，長老已經到了，和爸爸坐在外面的桌子旁，屋外的火堆已經升起。

「夏曼！」過來坐。

爸爸叫著小陳的族名。

「夏曼·藍波安~我看看！你長大了耶！都不一樣了。」

長老抓著小陳的手，又摸摸他的臉！好久不見的那種熱情，激動地表現了出來。

「國手！驕傲耶！」長老接著稱讚了小陳。

「國手有甚麼用，又不會做家事！」媽媽端了一盤剛炒好的山蘇出來！

「沒關係！他現在有老婆了啊！」小陳的爸爸笑呵呵的說。

「像你一樣就糟糕了啦！看看你那個肚子。」媽媽虧著爸爸。

「我是勇士耶！山豬勇士！哈哈！」爸爸拍著他的大子大笑。

「夏曼啊！很高興你回到了部落，你離開很久了，有些傳統怕你忘記了，尤其是你現在要結婚了，要成為真正的男人，我要說給你知道。」長老說。

「我們是住在這裡的泰雅族，祖先是從山上裂開的那塊大石頭裡面出來的。現在雖然很科學了，可是這是我們 Atayal 的故事，不可以忘記，無論它是不是真的。」

大家都專心的聽著長老教誨。

「我們泰雅有兩個特殊的族群觀念，一定要遵守，一個是我們的社會規範 *gaga*，這是我們的日常，也是風習俗慣的誡律，這個你小時候就知道了，絕對不可以觸犯這個禁忌，不然會受到神靈的懲罰。另外一個是 rutux 的理念，這是我們對神靈的信仰。在戶外吃飯、喝酒時也要分一點食物給 rutux 吃。」

長老說話的時候目光炯炯有神，語氣嚴肅但又讓人感覺和藹慈祥，臉上的雙頰刺著寬邊的V形紋飾，在旁邊的火光下顯得特別有威嚴。

長老拿起桌上的小米酒灑在地上，然後給大家都倒了一杯。

「我知道你等很久了！我剛剛說話的時候你一直看著酒瓶，還吞口水。」長老說。

「口渴嘛！」小陳的爸爸裝可愛的說。

「哈哈哈哈！」

剛才專心聆聽的靜默嚴肅瞬間化為歡樂。

「尤瑪（小君的泰雅族名字）的父親和你爸爸也是好朋友，我們泰雅也是很注重這個，我們認為友好的子女如果雙方面能夠結婚的話，婚姻會最為美滿，她媽媽對你印象也很好。雖然你們是青梅竹馬，也交往很久了，不過我們還是要按照傳統的習俗，找人家去提親，知道嗎？」

長老繼續說著，小陳點點頭。

「以前我們結婚前，男方要先去打獵、捕魚，然後將獵獲醃製，做為結婚時祭儀及宴席的食品，當然我們傳統的食物也不可少，小米和小米酒是一定要的，還要準備一把刀送給她，這代表『我把力量加給你』的意思。現在不一樣了，你們年輕人只會準備婚戒和禮餅，還有現金或是首飾金條當作聘禮，我是希望這個婚禮辦得傳統一點，才能表現出你的誠意和對這個婚姻的重視，不過你們還是要自己做決定。」長老說。

「那麼麻煩啊！」小陳有點被嚇到的說。

「你要知道，我們泰雅族的結婚不只是你們小倆口的事，也是整個 *gaga* 和部落的大事喔！」

「那麼麻煩，真是傷腦筋！」小陳抓著頭傻笑。

接下來整個暑假，小倆口都在忙著準備婚事，整個部落也瀰漫著喜氣。在傳統上，一位不會織布與沒有紋面的女孩子在部落裡是沒有人追求的，所以小君除了準備喜帖，小米酒和其他嫁妝外，大多數時間都待在家裡學習織布。小陳則是時常往來台北奔波訂購喜餅、送帖子等張羅婚姻大事，也不時往山裡面跑，想要熟習荒廢已久的打獵技能，期望能展現給部落族人看看他也擁有泰雅族的驕傲。

盛夏過後，秋意漸濃，盛大的部落婚禮如期舉行。婚禮那天，小小的部落社區擠滿了來自八方的賓客，好不熱鬧。

「怎麼還沒來？」長老看著校門口焦急的等待著。

賓客們聚集在學校操場，輕鬆的交談著，這是場融合現代與傳統的婚禮，儀式還沒開始，大家都已經開喝了。操場上擺放了好幾十張鋪上了紅色桌巾的餐桌，學校廚房外堆滿了辦桌用的木頭蒸籠和鍋具，工作人員正忙得不可開交，草坪上架著一隻大山豬，下面堆滿了相思木柴和甘蔗皮，用小火微微的煙燻著，香氣四溢。現場氣氛熱絡，大夥兒都在期待著今天婚禮的禳拔儀式正式開始。

「來了！來了！」

現場鑼鼓聲響，鞭炮聲不絕於耳，震撼山林，大夥兒興高采烈的鼓譟著。小陳依照泰雅族結婚傳統，用籐椅揹著新娘進場，過程中不能讓新娘踩到泥土，否則會被視為不祥。長老和雙方父母親起身站在廣場中央，牧師也在一旁拿著聖經等待著。現場的聒噪聲頓時停止，現場一片靜默，只聽得到蟬鳴鳥叫和到風兒吹過樹梢的沙沙聲響。

「嗯哼！」長老清了清喉嚨！

「怎麼那麼久？不是很近嗎？」小陳的爸爸有點醉意小聲的說。

「沒有啦！就剛才……。」小陳緊張的解釋著。

「看起來新郎好像運動得還不夠，國手捏！再去跑三圈好不好？」長老對著到場的賓客們說，大家都哈哈大笑。

小陳在眾人的歡呼聲中，揹著小君，繞著操場跑完了三圈，小陳滿頭大汗，氣喘吁吁，小君則是笑得很開心。

「我們長老很有幽默感！希望你們小倆口在未來的日子裡，也要保持著幽默感，夫妻才會甜甜蜜蜜，長長久久。」牧師說。

「來！有幽默感還不夠，還要互相支持，互相信任，喝下這個交杯酒，就表示你們未來會彼此互相信任。」長老拿起旁邊已斟滿酒的兩個酒杯給小陳和小君。

「換妳被整了厚！」喝完交杯酒後，長老舉起手上的藤條，小陳在一旁偷笑小聲地說。

「這個代表新娘在未來，無論什麼痛苦都可以承受。」長老在新娘的屁股上重重的打了一下。現場的賓客驚訝的看的目瞪口呆，雙方的父母親則是帶著微笑，感動地留下了眼淚。

族人與賓客們開心的飲酒作樂，唱歌跳舞，婚禮的慶祝活動持續了三天三夜。

「夠了！太多了。吃不完了。」小陳在高麗菜園旁，不停地搬著一大籃又一大籃的高麗菜往阿德的箱型車上放。

「吃不完可以做泡菜啊！還有這個！你最愛的。」小陳從小君手上接過了一箱小米酒。

「就這樣啦！不要酒駕，知法犯法啊！阿 Sir！」小陳揶揄著史蛋。

「保重啊！」小陳拍了拍車子，跟同學們說再見。

小君和小陳穿著傳統服飾，小倆口手牽著手，站在滿山滿谷、綠油油地高麗菜園旁，看著阿德的廂型車緩緩地離去……。

Chapter 4 寶藏

阿文仔坐在車內，望著窗外許久。

車窗外是繁忙的信義商圈，一棟又一棟坐落整齊的大樓，路上可見急急忙忙、快步前進的上班族，不時還會傳來汽車喇叭的聲響和紅綠燈急促的警示聲，他看到街上精品店櫥窗的玻璃上倒映著自己座車的影像和騎樓下乞討的流浪漢，不禁濕了眼眶。阿文彷彿又聽到了打字機的聲音……。

噠、噠噠噠、噠噠噠噠……。

卡噠、卡磁、卡磁、

嘟嘟、嘟嘟、嘟嘟、

嗶~。

週一早上九點多，辦公室裡已開始熱絡起來。

同事們打著鍵盤的聲音不絕於耳，網路連線的影印機所發出的白色光影不斷的閃爍著，電話鈴聲也響個不停，會議室進進出出、開關門的聲音，還有傳真機不斷的吃進紙張和吐出紙張、等待和傳真成功的長嗶聲響。

空氣中夾雜著咖啡和大蒜麵包、以及蚵仔麵線和豆漿漢堡的味道。

「早！」

「阿文！早安。」

「看你急急忙忙的，又準備要出門了。」同事說。

阿文專科肄業，退伍後換了幾個工作後，在這間公司做業務已經三年多了，雖算不上資深，在公司裡卻也算是老鳥了。阿文把一疊文件和型錄塞在公事包內，桌上的麵包只咬了幾口，杯子裡的茶還是熱的，他已經準備出門，要開始一天的業務拜訪了。

「走了！」阿文跟旁邊的同事說，拿起包包準備出門。

「等一下！經理叫你進去一下。」助理妹妹說。

阿文走到經理辦公室。

「叩叩！」敲門聲。

「進來！」

阿文走進經理辦公室站在經理桌子旁。

「你上一季的業績還算可以。不過有幾筆款項似乎還沒有進來……。」經理看著報表說。

「你有幾個客戶是新的。訂單量也不少。我們公司對新的客戶都是 TT。合作要一段時間，到達一定的量之後才改成開票。我是聽你說這幾個客戶都很有潛力，你也算認識，所以我才勉強通融先收訂金。這些新客戶已經出貨好幾個禮拜了，今天出門去催帳一下，帳款該收進來了。我們業績是以貨款收進來才算，而不是以訂單的金額來算，這你應該知道吧！」經理看著報表繼續說著。

「知道！今天會去跟他們說。你放心。」阿文畢恭畢敬的說著。

阿文下了樓梯，帶上安全帽準備出門。天氣炎熱，從市區開始拜訪客戶一路騎到郊區，一連跑了好幾個客戶，跑完後天早就黑了。

回到家裡已經十點多。打開公寓的大門，鞋櫃旁邊放了兩袋垃圾和好幾個百貨公司的購物袋。客廳桌子很凌亂，五歲的女兒在餐桌上吃著泡麵。

「把拔回來了！」女兒說。

「乖！把拔抱抱！」女兒跑向阿文。阿文一把抱起了乖巧的女兒，親了她一下。

「怎麼又給妳吃泡麵？媽咪呢？」阿文問。

「媽咪在洗澡。」小朋友說。

阿文看到桌上好多信，放下包包後坐在客廳沙發上一封一封看著。廣告、電話帳單、水費和電費，還有信用卡帳單。

「你回來了啊！」阿文的太太羽婷從房間裡走出來。

「是啊！今天跑了好多地方。」阿文回應後繼續看著帳單。

「怎麼刷了那麼多錢，妳都買些什麼啊？」阿文皺著眉頭。

「唉呀！我看那電鍋舊了，百貨公司剛好在打折，所以買了一個日本進口的，還有去超級市場買了一些零嘴，朋友來家裡打牌可以拿來招待用啊！」羽婷邊化妝邊回答著。

「我看妳又買一堆新衣服了吧？我們房子的貸款還沒有清，妳亂花錢，買電鍋也沒看妳煮過幾次飯，又給妹妹吃泡麵。房子也沒有整理……。」阿文抱怨著。

「不跟你吵了啦！我有個牌局還要出門去，來不及了。」羽婷穿上外套準備出門，這時候手機正在響。

「好！好！馬上就到。」羽婷邊說邊穿上高跟鞋，包包拿了，大門一關就出門去了。

阿文放下手上成堆的帳單，走到女兒旁。

「把拔陪妳吃麵麵好不好？」阿文說。

女兒乖巧的點點頭。

整理完凌亂的家裡，哄了女兒上床，已經十二點多了。阿文自己也煮了一碗麵坐在餐廳吃著熱騰騰的麵，阿文在寂靜的夜裡看著窗外。

天亮了！一早阿文如同往常準時到了公司上班，整理報表，出門拜訪客戶一直到天黑才回到辦公室。

今天是發薪日，也是每季業績的結算日。阿文打開了桌上的信封袋。本薪二萬七千元，油錢補貼六千三百元，業績獎金八千三百元……。本來以為這個月可以領到比較多的業績獎金，沒想到會這麼少。業務人員靠的就是獎金在過日子，沒想到這個月又落空了。扣掉房貸和水電等支出，阿文這個月只有一萬多塊可以生活，羽婷又沒有在上班賺錢，還有好幾萬的卡債。

鈴~

電話聲響了。

「阿文仔！是媽媽啦！」阿文的媽媽打來。

「今天下午羽婷把妹妹送過來，她說她有事要去忙，要我幫忙帶一下。」

「好！我待會去接她。」

「沒關係啦！妹妹已經睡著了。如果你忙，明天下班再來接她，孩子我帶就好了。」

「拍勢啦！媽！」

「沒要緊！」

阿文掛了電話後，辦公室裡已經剩下沒幾個人，他沮喪地離開公司，騎上摩托車離去。

「老闆！陽春麵和豆干，啤酒一瓶。」

阿文坐在麵攤吃一個人吃著晚餐，喝著悶酒。

「嘿！阿文仔。你怎麼在這裡？」行銷部的阿正和女友也來吃宵夜。

「嗨！阿正。坐啊！」阿文說。

「你怎麼愁眉苦臉的。今天不是發薪水和業績獎金嗎？我看你業績不是不錯嗎？一個人自己慶祝喔！」阿正和女友拉了椅子坐下。

「唉！」阿文唉聲嘆氣了一聲沒有回答。

「好！不說公司的事。陪你喝酒。老闆！再來兩瓶啤酒和兩個杯子。」

阿文和阿正聊起其他的事情，越聊越開心，啤酒也喝了一手。

「剛才應該找你去唱歌。只是下班時沒看到你，我想你一定是去跑客戶去了。」阿正說。

「對了！你老婆怎麼沒跟你一起慶祝。我剛剛唱完歌經過東區精品店，好像看到你老婆大包小包的坐進了一台豪華轎車。我想我是看錯了，要不然就是你偷偷買新車沒告訴我們。」阿正說完又喝了一口酒。

阿文瞪大了眼睛吃驚的樣子，不過並沒有說話，一會兒後，又低下頭喝酒。

「是不是你老婆……？」阿正的女友捏了他一下。

「人家阿文的老婆漂亮多了。你看錯了啦！阿文大哥。我敬你。阿正常常稱讚你，要向你多多學習。」阿正的女友很上道的把話題轉開。

酒過三巡，夜已深了。阿正帶著女友坐上了計程車，阿文也騎著摩托車回家。

回到家後，冷冷清清。妹妹在媽媽那裡，老婆還沒有回家。阿文脫下外套後倒頭就睡。阿文的老婆羽婷在半夜才回到家，這已經不是第一次了，阿文醒了一下沒有理會，繼續窩在棉被裡。

日復一日，阿文還是認真的工作，每天都很晚才回到家。轉眼間，妹妹已經要上小學了。

「羽婷！妹妹準備要上小學了。要讓她唸公立的還是私立的好呢？」阿文在廚房洗碗問著老婆，老婆卻在客廳看著電視嗑著瓜子。

「隨便啊！都可以。私立的比較好，唸私立的好了。」羽婷看著電視沒認真的回答，妹妹則是在地上玩。

「我也想讓妹妹唸私立學校，可是學費有點高。我怕我們負擔不起。」阿文說。

羽婷繼續看著電視沒有回答。

阿文洗完碗，擦了擦手，走到女兒身旁陪著她玩，很疼愛的看著妹妹。今晚就這樣過去了，女兒要唸甚麼學校還是沒有結論。

隔天是週末假日，阿文問羽婷是否要一起帶妹妹出去玩，順便回家看媽媽。羽婷則說她下午要和朋友出去，早上不一定爬得起來，就讓阿文帶她出去走走。阿文很失望又無奈的　個人回到房間。

隔天一大早，阿文就帶著女兒到附近的公園玩，還買了風箏和棉花糖。中午在麥當勞吃了午餐，阿文也買了店裡的小玩具給女兒，妹妹很開心。

「阿嬤！」今天阿文帶女兒回到了媽媽家。阿文是獨生子，父親是公務人員。在他國小的時候，父親就因病去世，雖然有一筆撫恤金，可是長期下來還是不足以負擔生活，所以從國中開始，媽媽就靠著撿拾破爛將阿文撫養長大。阿文很孝順，常常偷偷跑去打工，荒廢了學業，所以專科沒有畢業，後來就去當兵了。

「媽！」阿文說。

「來！阿嬤抱抱。」阿文的媽媽抱起了妹妹。

「媽！你還在撿喔！」阿文看到了媽媽家門口旁空地上的平板推車上載滿了大大小小的保特瓶和鐵罐。

「加減賺啦！呵呵！」阿文的媽媽開朗的說。

「我真不肖，讓你那麼辛苦。」阿文一陣鼻酸難過的說。

「賣阿捏貢。媽媽去弄些東西給你們吃。你去後面摘一點菜。」

阿文從小就住在這個郊區眷村的旁邊，小時候這裡還有一百多戶人家，後來眷村的人越來越少，整個社區就逐漸荒廢掉了，只剩下不到幾位住戶，政府也對這個眷村和周邊漠不關心，大概就等哪一天都市開發或是財團來收購了。也因為如此，所以阿文的媽媽就在隔壁鄰居廢棄的地上種些蔬果，倒塌的屋舍下放置些撿拾回來的回收物品。

阿文在村子裡走著，想起以前的時光，想起爸爸模糊的樣子，還有媽媽一路辛苦栽培他長大的日子。這個週末假日的時光，就像今天的陽光一樣溫暖。

「經理早！」

阿文一早就被叫進了辦公室。

「坐！」經理說。

「你看一下這份業績報告。」

經理把一份檔案夾放在他的辦公桌前方，阿文打開了檔案夾，仔細的看著文件的內容。

「第一季的業績達成率是 120%，第二季是 180%，現在第三季還沒有完，達成率已經 270%了。阿文仔，你的業績很不錯，可是票期都開太長了。尤其你看這幾筆（經理把電腦螢幕轉向阿文），興隆昌，興隆光，興隆成，為什麼一月和二月的票，拖到上個月才付款？其他的都只付頭款？這也就是為什麼你的業績獎金看的到吃不到。訂單很多，很好。但是金額很高，萬一錢收不進來就糟糕了。我們的貨已經出給他們了。總經理也一直盯著我，你要特別注意！不要出錯了。」經理用嚴肅的口吻，緊張的提醒著阿文。

阿文步出經理辦公室，手上拿著報表，想著剛才經理交代的事。整理好文件後，下樓騎車出門去了。

阿文到了興隆昌，停好車後將安全帽掛在車把上，對著照後鏡整理了一下儀容後，走進了公司大門。

「早啊！美女。」阿文跟總機小姐說。

「你要找副總嗎？他出差去了。」

「這樣啊！他不是很少出差嗎?!怎麼這麼勤快？呵！」

「這陣子人事精簡，副總也是股東之一，應該是親自去跑業務了。」

「是喔！那財務經理沈先生在嘛?!」

「財務經理上個月離職了啊！你不知道喔？」

「不知道啊！我只有剛開始跑你們家的時候跟他換過名片，後來都是和你們的採購副總聯絡啊！那現在誰負責財務的事呢？」

「現在就會計部在處理。不過會計部的小姐外出了。可能要晚一點才會進來。您要等嗎？」

「嗯！那沒關係，我改天再來好了。」

阿文離開了興隆昌，繼續前往下一個公司。

興隆昌在五股，興隆光在三重，要稍微繞一下，看看錶才十一點，不知道為什麼今天這麼早就肚子餓。經過了他常去的麵攤，聞到油蔥的味道口水直流，只是如果坐下來吃的話，過去客戶那邊就中午休息了，想一想還是繼續往前騎。

「你好！我找張先生。」阿文跟門口的警衛說。

「你登記一下。有約了嗎？」警衛說。

「我每個週三都會來啊！只是不一定是上午還是下午。我跟你們張先生很熟，只是怎麼不見之前的那位警衛大哥呢？」

「我不清楚耶！我是新來的。你可以進去了，識別證請戴上。謝謝！」

「謝謝！」

阿文到了大廳，看見有不少人也在大廳等待。看起來生意還不錯。

「你好！這邊請。」張先生的祕書走到大廳很客氣的跟阿文說。

阿文到了張先生的辦公室。張先生是這間公司的老闆，辦公室很氣派。

「請坐！」張老闆說。

「哇！每次到你的辦公室我就覺得很有那種……那種……。說不出來，很豪華很讚的 feel 啦！」

「你不嫌棄啦！」

「是這樣子的。最近我們家老大一直在跟我追你們的貨款，我有解釋過了，不知道票期可不可以改短一點呢？我常常被他們唸。」

「哈！你也知道，我最近訂單很多，所以跟你們進的貨也多，臨時有點周轉不過來，所以票期開了長了點，請你們多包涵。我們是要長期合作的，是吧？」

「是啊！我看樓下大廳也很多人等著接洽你們的生意耶！」

「是喔！哈哈哈！」張先生眨了眨眼說。

阿文看到張先生的桌上有很多文件，旁邊碎紙機的桶子也已經滿了出來，辦公室角落的衣架上還放了兩只行李箱。

張先生桌上的電話響了。

「不好意思！我接個電話。」張先生笑著說。

張先生說完電話後表情有一點嚴肅，不過馬上就又轉回笑臉。

「你放心啦！等我這一批貨出完，下一季我甚至 TT 付現給你們都沒關係。」

「叩叩！」張先生說完後祕書小姐走了進來。

祕書小姐看了阿文一下，把頭湊到張先生旁邊說悄悄話。阿文有聽到一些，似乎是某某人要找張先生還有機票的事情。

「哈哈！不好意思，阿文兄，我要趕飛機，沒辦法跟你多聊。下次回來後再請你吃個飯，你這麼幫忙。」張先生說。

阿文站了起來，老闆都這麼說了，至少回去有個交待，也不好意思多打擾，跟張先生告辭。

阿文走出辦公室時，張老闆馬上跟著拿著行李箱出來，只聽到祕書跟張先生說：「走後面貨梯。」

阿文不以為意，看看手錶已經十二點多了，就去他喜歡的麵攤吃午餐。

麵攤的生意非常好，這間是三重的老店，麵好料實在，小菜種類也多，附近的上班族和經過的司機們都會來光顧。

阿文找了張椅子坐了下來，等麵的空檔找了幾張報紙打發時間。

阿文翻閱著報紙，看到影劇版的八卦笑呵呵。

「燒喔！」店家端來了熱騰騰的麵和小菜。阿文還是邊翻閱著報紙。

「先生！報紙還要看嗎？我這邊看完了跟你換。」隔壁桌的小姐說。

「嗯！好。你拿去吧！」阿文邊吃著麵邊說。

阿文打開報紙覺得無趣，是財經和社會新聞，就隨便亂翻後擱在一旁繼續用餐。

填飽肚子後，阿文請店家結帳，店家生意太好忙不過來讓阿文等好久，只好再翻閱著擱在旁邊的報紙。

阿文翻著翻著突然看到熟悉的字眼興隆成，標題寫著「興隆成不成，昨跳票七千三白萬，連帶廠商股價大跌」。

阿文看到這裡整個傻眼。手機也響了。

「阿文。經理一直在找你。你在哪裡？」助理打電話來。

「我在外面跑業務啊！等一下就回去了。」阿文說。

「好！弄完了就趕快回來。剛剛經理被總經理和董事長叫去，出來的時候臉色很難看。」助理焦急的說。

「好！知道了。」阿文掛完電話後直奔興隆成。到了客戶的工廠大門口，就看到一堆人拿白布條，公司大門還有好多警衛，連記者都來了。阿文知道大事不妙，下車後急忙地走到裡面。人很多，一團混亂，也進不去。阿文又走了出來，翻了翻名片簿，撥了電話。

「您所撥的號碼現在沒有訊號，請稍後再撥。若要留言，請在聽到嗶聲後……。」阿文聽到是語音信箱，趕忙又打了幾通電話給興隆成他所認識的長官，不是關機就是號碼已經停用。阿文又走了進去，看到他所認識的一名工廠品管員阿妙。

「阿妙！怎麼了？」阿文焦急的問。

「一大早來上班，工廠就沒開，大家都說老闆欠錢跑路了。只打電話來交代警衛把門都鎖起來。早上一堆人來上班都回去了。」

「怎麼會這樣？」阿文百般不解的說。

「唉！完蛋了。我家裡還有兩個小孩要養，我老公每個月賺的錢也不夠。真是可惡！說倒就倒。我已經做了快十年了。」阿妙眼眶都紅了。

阿文不知道該怎麼辦，只好先回公司再說。其他的客戶今天也不跑了。

阿文進了公司後，同事們都看著他。助理撥了分機給經理，告訴經理阿文回來了。

阿文害怕的走進經理辦公室。經理窗戶全開，桌上的煙灰缸已經滿滿的都是菸屁股。

「阿文。你進公司多久了？」

「三年多了，經理。」

「我對你好不好？」

「經理一直都很照顧我。」

「那你怎麼這樣搞我。我被你害慘了。」

「我警告過你新客戶要小心信用評等，要不時的注意情況。我真不該答應你開票的事情。新客戶都是 TT in advance。我怎麼會犯這種錯誤。唉！」

「經理。我……我……」阿文說不出話來。

「我剛剛也查了一下你那些沒有收到的貨款。你知不知道，興隆昌，興隆光，和興隆成是關係企業！我早就懷疑這三間公司有關係。雖然董事長和總經理都不同姓，可是都是透過香港的一間貿易商出貨到對岸去。」經理瞪著阿文訓斥著。

「另兩間你今天有去嗎？情況怎麼樣？」經理說完又點了一根菸。

「嗯！我早上有去。公司看起來還好啊！只是興隆昌的副總出差，不過我有遇到興隆光的張先生，還聊得很開心。」

「嗯！」經理若有所思的說。

「那票的事呢？」經理又接著問。

「張先生說沒有問題，等下一批貨就可以直接付現金。現在已經出貨的還請我們多包容，還是要等三個月。」阿文說。

「我知道了。你先去忙吧！」經理請他回去工作。

阿文回到座位上，一整個提不起勁來。不過他還是打起精神，整理報表繼續工作。回到家後，阿文一點食慾都沒有，打開冰箱也只剩半瓶牛奶，其他的甚麼都沒有。阿珍和妹妹都不在，不知道跑那兒去了。

阿文打開電視，坐在客廳沙發上望著天花板發呆，不一會兒就睡著了。牆上的鐘滴滴答答，一分一秒的過去，阿文被開門聲吵醒，看看時間已經晚上十點多了。大門打開後，看見雜貨店的阿姨送妹妹回家。阿文連說聲不好意思，麻煩妳們了。阿文知道羽婷又去打麻將，把孩子丟給了鄰居。阿文幫妹妹梳洗後哄她上床，一個人坐在客廳等著羽婷回來。凌晨一點多，聽到窗外樓下有嘻鬧聲，阿文從陽台看到羽婷從一台轎車裡走出來，和一位男子拉拉扯扯。阿文的脾氣雖好，但經過這一天的折騰和整晚漫長的等待，以及羽婷對家庭的不忠加上對孩子管教的態度，他忍不住衝下樓去找羽婷理論。

「妳現在是怎樣？孩子都不要了嗎？」阿文拉扯著羽婷的手腕。

「你是在兇什麼？嫁給你到現在都沒過過好日子。我和朋友出去不行喔！」阿文的老婆拉大了嗓門嘶吼，附近鄰居的燈一個個打開，探出頭來看發生了什麼事。

「你說這什麼話？我讓妳在家當少奶奶，不用出去工作。我每天忙的像一條狗，妳家事也不做，孩子也不帶。我還聽朋友說看到妳和別的男人出去喝酒，我都當做沒這回事。妳摸摸妳自己的良心。」阿文氣得滿臉通紅，聲音越吵越大。

「少奶奶？哼！」羽婷不屑的說著。

「要吵妳們回家去吵。你老婆還欠我們兩百多萬，你看這筆帳要怎麼算？」這時車上下來了一位男子說。男子說完即上車離去。阿文失望的看著羽婷，巷弄裡突然安靜了下來。

阿文再也受不了了，回到家裡，阿文說出了離婚的訴求。

「離婚可以！不過房子要歸我。妹妹你要帶走我無所謂。」羽婷翹著腳坐在客廳，抽著菸，冷酷的回答著。

阿文退伍後就跟羽婷結婚一直到現在，那麼多年過去了，阿文也從來沒有對不起老婆，認真打拼，償還貸款，拉拔孩子長大，給家裡用好的，吃好的，自己卻沒有甚麼享受，甚至也沒有出國遊玩或是購買汽車代步。

「好！」這件事阿文其實已經想了很久，但是這個家如果再這樣下去遲早會被羽婷搞垮。阿文痛苦地說出這句話。

「既然你說好！那我就不用再待在這裡了。你甚麼時候文件簽好再告訴我。」羽婷熄掉了香菸，掉頭就離開了。

就這樣，阿文結束了多年的婚姻，房子也沒了。接下來的好多天，除了傍晚去幼稚園接孩子回家休息，阿文不想再待在這個傷心的家裡，沮喪失神的到處亂晃，很少進公司或是去跑業務，衣衫不整，頭髮凌亂，鬍子也沒刮，整個人看起來蒼老淒涼，有時候還會坐在路邊商家前發呆，時常還被以為是乞討的流浪漢。

兩週後，阿文收拾了台北的住所，簽了離婚同意書，將房子的權狀放在餐桌上，帶著女兒離開了他辛苦打拼所存下來，曾經以為是家的家……。

阿文暫時借住在朋友頂樓加蓋的空房，和孩子擠在一起生活。屋漏偏逢連夜雨，禍不單行，阿文公司的業務出了狀況，這對於阿文無異是雪上加霜。

「阿文！我保不了你了。我自己這個位子都難保。雖然說這些客戶是惡性倒閉，但是客戶是你找的，你當初也說沒問題。一人做事一人當。我想這是最好的辦法。你如果留下來，可是做一輩子都還不了。」

失去工作後，阿文幾乎失去了所有，只剩寶貝女兒和他在一起相依為命。阿文努力的找新工作，可是就和大多數求職的人一樣，合適的工作並不好找，而且暫時借住的房子，不知道朋友甚麼時候會趕他走，他越來越沮喪，瘦了一大圈。

「把拔！我要吃麥當勞。」阿文去幼稚園接女兒回家。

「好！」女兒乖巧懂事，阿文也從來不會拒絕小女兒的要求，只是小小的年紀，怎麼會知道大人的世界，還有爸爸現在的狀況。阿文帶著女兒進了速食店。

「要吃甚麼？」阿文和妹妹站在店內櫃檯前，服務人員正等待著阿文父女兩點餐。文溫柔地問著小女兒。

「我要吃兒童餐。還有……這個玩具。」女兒踮著腳，開心地瞪著水汪汪的大眼睛，看著櫃台前面的塑膠玩具。

「先生，你呢？」服務人員親切地詢問。

「嗯！吉事漢堡。單點就好了。」阿文打開皮夾，皮夾內只剩幾張千元大鈔和一些零錢，他給女兒最好的，自己點了最便宜的餐。

週末，阿文收拾了東西，離開了借住的寓所，帶著女兒回到了媽媽家。

阿文遠遠地就看到那熟悉的土角仔厝，上面所加蓋的鐵皮已經斑駁鏽蝕，媽媽蹲在地上，整理著資源廢棄物。媽媽雖然沒有讀過什麼書，看著自己的兒子大包小包的帶著女兒回來，也知道發生了甚麼事情。

「乖孫仔！吃飽了沒有？」阿嬤摸著妹妹的頭慈祥的問。

「阿嬤！我好餓喔！」妹妹天真的回答著。

阿嬤放下手邊的工作，駝著背站了起來，吃力的走到裡面的廚房，小女孩跟著走進了屋子，阿文也提著東西進門去。

阿嬤煮了碗麵，上面還加了很多的料，妹妹吃得很開心。

女兒吃飽了想睡覺，阿文整理了床鋪，幫寶貝女兒蓋上棉被，妹妹很快地就睡著了。阿文走了出來，默默地幫媽媽整理資源回收。

「媽！我幫你忙吧！我也不知道要做什麼。工作我會繼續找……。」

阿文一邊翻著紙箱和寶特瓶一邊說。

「沒關係！雖然我沒讀甚麼冊，但是我知道『蕃薯不驚落土爛，只求子孫代代拓』。你回來就好了。」（台語：雖然我沒念甚麼書，但是我知道地瓜不怕掉在地上爛掉，因為其強韌的生存特性會讓枝葉擴展，子孫綿延不絕，有勉勵人不怕出身低的意思。）

媽媽對於兒子的失業和不得志不以為意，還是心疼兒子，鼓勵著阿文。

阿文老家後面有一大塊空地，長滿了雜草，大部分是旁邊眷村里長多年前買下來的小山坡地，只有一小塊是他阿公留下來的。里長本來以為眷村會改建，有利可圖，結果因為種種因素，眷村遲遲未改建，周邊的發展也不如預期，土地的價格不漲反跌，賣了也賠錢，以至於荒廢在那裡，反正放著也沒有用，里長就讓阿文的媽媽種點菜。

阿文的媽媽年紀大了，無法長時間彎著腰除草種菜，所以菜園也越來越小。阿文看了可惜，反正閒著也是閒著，他開始清理後面的雜草，幫媽媽多種點菜。

幾個月過去了，阿文還是沒有找到工作，不過阿文卻對資源回收越來越熟捻，他不像媽媽一樣只會去路邊撿拾，或是到商家門口收紙箱和寶特瓶，他會騎著車到附近的工廠後面看有沒有不要的報廢物品，拿回來整理後再加以變賣。

阿文發現，不但廢紙箱和寶特瓶、鋁罐等可以賣錢，機車和汽車的電瓶也很值錢，是以重量來計價，只是這種物資在市場上早已經有回收機制，政府也有明文的規定，所以數量不會太多。

阿文用賺來的錢買了台二手小貨卡以方便載運大型的回收物品，他也在後面蓋了一間鐵皮屋來放置大型的回收家具或是鐵器類等物件，每個月這樣辛苦下來，也有個兩萬塊錢左右的收入，勉強可以過活。

失業半年後的某一天，阿文終於接到了一通面試的電話，這是一間電子產品加工廠在找業務主管。阿文按照郵件上的地址找到了這間位在巷弄間的工廠，規模還不算小，門口還停了兩台進口轎車，看起來生意不錯，只是廠房外面堆積了許多的垃圾和廢料，看起來有些凌亂。

「請坐！可以先自我介紹一下，讓我多了解你。」

阿文簡單的說了之前的工作經驗和目前的狀況，他和面試的主管聊得很順利。

「我們其實是委外加工的二線廠，大公司因為產能不足，把他們不要做的，或是次要的產品委外給我們加工，他們也允許我們也自己以白牌的方式接單，也就是不打上他們的品牌名稱或商標出貨，只要沒有搶到他們現有的客戶就行。我們目前業務部有六個人，除了本地銷售外，中國大陸和中南美洲的市場以及俄羅斯都有出貨。前景不錯，業績獎金也很高。」主管說。

阿文和主管繼續聊下去，並詢問了薪資福利，業績分紅和主管的管理責任等。

「那你的英文程度如何？目前我們有些是外國客戶，時常需要用英文來做業務上的溝通。」

阿文的業務能力很強，專業知識也不錯，但是說起英文，他就頭大，專科肄業的他，其實私底下一直不停努力的在自我進修，閱讀和書寫平平，可是程度還不能夠用流利的英語和外國人溝通。

阿文雖說和主管聊得很開心，但是卡在英文這一項技能，所以最終還是沒能獲得這個職位。主管也覺得很可惜，面談結束後親自送他到門口。

「不好意思！真的很可惜，以後若是有其他的機會我們會再通知你。」

「謝謝你寶貴的時間。」

「對了！你們門口這些廢料都怎麼處理？」阿文臨走前問了面試的主管。

「放在門口這些都用不到了，也賣不了甚麼錢。請人家載走還要收費，有時候人家又不收，也不能亂倒，抓到要罰錢的，真是麻煩又傷財。」

「那我幫你載走可以嗎？」

「可以啊！我還可以貼你一些油錢。」

「謝謝你！」

「不！我才要謝謝你，幫我處理這些廢棄物。」

阿文之前當業務那幾年很認真，跑了不少企業和工廠，他知道環保的意識正在抬頭，台灣到時候也會和其他國家一樣會有相關的政策。他也知道，除了紙板、鐵罐和寶特瓶外，目前大多數其他的資源回收物，這些工廠不但不會想要拿來賣錢，還必須付費請人來載走處理。

阿文回家後，趕緊開著貨車來把這些廢棄物載走，還跑了兩三趟才載完。連續好幾天他都待在鐵皮屋拆解整理這些東西，然後再拿去變賣。

「阿文啊！你東西越來越多了。怎麼那麼會撿？」住在附近，同是從事資源回收的阿添叔仔拖著一袋寶特瓶進到阿文的鐵皮屋說。

「阿添叔仔！你好！」阿文親切地打招呼。

「我的腳如果沒有這樣一跛一跛的，又會開車，又跟你一樣懂這些，說不定我也可以撿這麼多。」阿添叔仔抱怨著說。

「阿文仔！這一袋你可不可以幫我拿去賣，我撿了一天，實在沒辦法再跑那麼遠拿去換錢。」阿添伯仔接著面有難色的說。

「好！沒問題。」

寶特瓶回收的價格原本從每公斤十六元跌到只剩下幾塊錢，阿文心疼從小看他長大的阿添伯仔，看著無一技之長、跛著腳的他還要每天辛苦地撿拾破爛，有點難過，他將保特瓶放上磅秤，直接從口袋裡掏出了五十塊錢給他。

「阿添伯仔！你看！七點五公斤。」

「沒有那麼多啦！這些不到三十塊錢。」

「沒關係啦！」

「你人真好！」

接下來幾個月，他開始連絡這些這些年所累積的人脈，自願免費的載走這些工業廢棄物。阿文也同時連絡了街坊失業的鄰居朋友一起幫忙，每天都載回了一大堆的廢棄物品。雖然收入越來越多，從原本的每個月幾千塊錢到兩萬塊，一直增加到現在的三萬多元，只是他每天和員工都要忙到深夜，有時候恍神還會被割傷，他一直在想有甚麼辦法可以解決目前這個情況。他想到之前有送寶特瓶到一間工廠，他們將寶特瓶拆解清洗後打成塑膠原料再加以販售，似乎利潤不錯，他一直在思考著這件事情。

「阿文仔！今天又要麻煩你了！哇！你這邊現在多了好幾個人。」阿添伯仔又拿了一大袋寶特瓶過來，旁邊還有一位歐巴桑也拿了一小袋。

阿文仔一樣將袋子秤重，拿錢給他們。

「阿添伯仔！這樣好不好！你們不要去撿了。來我這裡幫忙，我每天給你兩百塊，午餐還有便當，好嗎？阿姨你也一樣。」

兩百塊錢對於一般人可能沒有甚麼，可是對於弱勢的資源回收工作者來說很多，而且每天都有固定的收入，也不用到處去外面尋尋覓覓，日曬雨淋的，他們很快地就答應了。阿文其實已經精打細算過了，這樣會是個雙贏的局面。

阿文的資源回收場也越來越有規模，人手也增加到五個，他也拿了塊鐵皮在上面用油漆寫上資源回收掛在入口處以招攬生意。

阿文這行做久了，也注意到政府在這方面都有相關的補助，他發現環保署在液晶面板，電子零件或是有毒液體等各方面都有明確的規定。他正想著是否可以將回收物拆解後再加工做成原料出售，或是換取政府的補助。

「不錯嘛！」里長說。

「還可以啦！」阿文帶著工作手套，站在一堆鐵件旁說。

「我這個地啊！最近有人要來看！你弄成這樣我可能很難成交。不好看啊！」

阿文擔心的事終於發生了。原本想小小的鐵皮屋，里長可能不會在意，可是現在這個樣子任誰都會注意到。而的確，原本雖然是荒煙蔓草，卻也是一片翠綠。

「那！怎麼辦？」阿文緊張的說。

「看你要租還是要買。不過，我看你也負擔不起。沒關係！還是暫時給你用，到時候賣出去後你還是要拆掉！把地整理回原來的樣子。拍勢喔！」

里長說完後又到處在他的土地上閒晃，過了好一會兒才離去，阿文不知所措。阿文只能做一天，算一天，只希望里長的地不要那麼快賣出去，還是每天都去工廠回收廢棄物，再拿回來拆解。

「嘿！那不是阿文嗎？」

阿文載著阿添伯仔在外頭回收廢棄物品，正巧被之前公司的人看到。

「阿文！阿文！」前同事大聲地叫著他。

「嗨！你好！」

「怎麼在撿破爛啊！還帶個跟班的。好像丐幫幫主。」

阿文被人恥笑，可是他不以為意，還是客氣地回答，繼續他的工作。

這陣子里長常常帶人過來看地，員工們都知道了。每次有人來這邊，他們心裡就都忐忑不安，很怕土地被收回去，就沒有了依靠，而阿文還是靜靜地做該做的事。

「老闆你好！」阿文今天又到了從前面試過的那間工廠做資源回收，他看到以前面談過的主管站在倉庫卸貨區門口。下車寒暄過後，他戴上手套，將回收物一箱一箱的搬到貨車上。

「我們老闆最近對資源回收很有興趣，想開一間工廠，正在找地，我們開會的時候還想到你。」

「是！」阿文停下來擦著汗水，聽著那位主管說。

「最近有朋友介紹一塊地，我們還沒有去看，我看了一下地址，記憶中好像離你住的地方不遠。」

就這樣，因緣際會，阿文得到重生的機會。土地被之前面試過的那間公司老闆買下來了，阿文也因為有經驗和想法，以及擁有一小塊祖先的地，他被任命為負責人，這間資源回收廠也有了股份。

阿文買進了寶特瓶處理設備，將瓶身和瓶蓋以人工挑選分離，清洗過後打碎烘乾成為新的塑料再轉售出去；而液晶螢幕拆解下來後可向政府申請每台三百多元的高額利潤。此外，紙箱、鋁罐、玻璃瓶等資源則加以分類後大批售出。如果是沒有辦法處理的物品，阿文則會轉賣，或是無償送給同業。此外，阿文還聘用許多中低收入戶或老年人，不但盡了社會責任，也為自己的公司爭取到政府的補助。

十幾年之後，阿文的資源回收工廠已經成為一間頗有規模的企業，也因為提倡環保和熱心公益，屢受政府表揚，阿文的故事還被國外的雜誌做成封面人物，小女兒轉眼間已經念大學了，家裡也請了外勞照顧媽媽。

「老闆！要走了嗎？等下會塞車喔！」

「好！我們回去吧！」

阿文回過神，視線移開了車窗外百貨公司騎樓下乞討的流浪漢，轉頭看到後坐旁邊的外文雜誌封面，上面寫著。

【One man's trash is another man's treasure!】

阿文吩咐司機開車。黑頭車的尾燈，消失在繁忙的信義商圈。

Chapter 5 太平洋的風

冬日下雨的夜晚，氣溫只有十二度，Mayaw 捲縮在台北東區的騎樓下發抖，望著對街 KTV 七彩的霓虹燈，已經冷得沒有知覺。人來人往購物逛街的民眾不時的經過身旁，看著他指指點點，街道上來往的雙 B 轎車川流不息，車頭的 LED 大燈照的他布滿血絲的雙眼更加的血紅，Mayaw 疲憊的身軀已不堪都市叢林中如此冷酷的折磨，疲憊的在路邊睡著了。

不知不覺已經天亮，清晨的忠孝東路異常冷清，街道上滿布垃圾，只有派報車的人員在旁邊整理今天的報紙。

「喂！起床了！」巡邏的員警正在巡邏箱旁簽到。

Mayaw 睜開雙眼看了員警一眼，也注意到地上有人丟給他的幾個銅板，他撿了起來放進口袋。

「你！身分證！」員警手插腰瞪著他。

Mayaw 摸摸胸前的口袋拿出了證件給了員警。

「你原住民吼！」

「住台東，名字又那麼特別。」

「是！」

「趕快走！」

Mayaw 站起身來轉身離去。

「等一下！」員警叫住了他。

「你是 Amis 吼？我是布農的。去找個工作吧！不要一天到晚喝酒打混。」

Mayaw 看了員警一眼後慢慢的走開。

快過年了！Mayaw 身上只有幾個銅板。到台北打零工的他，年前喝酒跟人打架被老闆辭了工作，也沒了住所，盤纏已經花盡，只得流浪街頭。

叮咚！

Mayaw 走進了便利商店，掏掏口袋，數了一下，還有幾十塊錢，肚子很餓不知該買些什麼，在店裡面一直晃。

「ㄟ！你注意一下那個人。」工讀生小聲地彼此交談著。

Mayaw 聽到了。他看到鏡子前的自己，已經沒有了驕傲，沒有了光采。他拿了一個二十五元的麵包到櫃檯結帳。

「好臭喔！」身旁準備上班的 OL 小姐掩著鼻子說道。

Mayaw 抬起頭來看了她一眼。深墜的臉龐和布滿血絲的眼神嚇壞了那位 OL。

站在街頭啃著麵包，Mayaw 看到了太陽，他習慣性的往日出的方向走了過去。這些日子來台北打工，也沒存到一些錢，看著眼前的高樓大廈，感覺比大武山還要高，越走越累，街上的車輛也越來越多。

「乖乖去上學喔！把拔寒假帶你去西班牙玩！看海豚吃好吃的呦！乖乖喔！」

看著台北有錢人家的父母親哄著小朋友上校車，不禁讓他想起了 Saumah。Saumah 是哥哥的小孩，自幼單親，哥哥又外出工作，幾乎是 Mayaw 陪著她長大，想起他去台北工作前答應說要買玩具給她。

Mayaw 走了好久，不知不覺已經日正當中，路邊大腸包小腸的攤販，烤肉架上的香腸滋滋作響，帶著油花的豬肉香氣隨著白煙飄了過來，讓他口水直流，他不敢多想，只能繼續地往前走。Mayaw 走著走著已經走到了忠孝東路底，餓得難受，沒有力氣，肚子裡的胃酸一直在攪動，口又很渴，他看到了一處鐵皮搭蓋的工廠，停下了腳步，上面寫著臨時工二千元／日。

Mayaw 猶豫了一下，走了進去。

「老闆！你好！這裡是不是要找臨時工？」

「你等一下！我不是老闆。老闆娘！有人要來應徵。」

老闆娘走了出來，從上到下打量了 Mayaw。

「沒有！」

「上面不是說要找臨時工嗎？」

「沒有了！找到人了。」

Mayaw 看著老闆娘冷酷的表情，轉身離去。

「等一下！」

老闆走了出來和老闆娘交頭接耳。

「這樣好了！我這邊空地上有一些廢棄物，需要有人幫我清乾淨分類擺好。你來做，天黑前要弄好。」

Mayaw 捲起袖子開始幹活兒……。

Mayaw 認真的工作，額頭上的汗水不停的滴下，絲毫不敢懈怠。

「老闆！都做好了。」

天色已黑，Mayaw 餓著肚子，整個下午都一直認真的在幹活兒。老闆看著整潔的空地和分類的井然有序的資源回收物很滿意，從口袋裡拿出了兩張千元大鈔。正要遞過去的時候，老闆娘笑臉嘻嘻的走了過來把錢收走。

「辛苦了！來！這五百塊錢給你。」

Mayaw 汗流浹背的站在那邊看著老闆娘。

「怎麼？不要喔！有甚麼不對嗎？不要就算了喔！」

老闆走了過來看了老闆娘一眼把錢搶了過來，給了 Mayaw 一千元，說他只做了半天，所以只有一半，老闆娘也在一旁幫腔趕著打發他走。Mayaw 壓抑住了怒氣，抿著嘴收過了錢，擦了擦汗水走出了這間工廠。

天黑的城市盡頭，月亮還是高掛天空，Mayaw 拿出中午工廠給他的便當，打開後有一股酸氣，似乎有點壞掉了，他還是扒著飯，坐在路邊吃了起來。下弦的月光打在對街的帷幕大樓玻璃上，好像故鄉的月亮倒映在出海口的河流對著他微笑。

Mayaw 哼起了原住民歌手王宏恩的〈月光〉。

Ana tupa tu uka mita mahtu sinadan
Asa kata tu mainaskal aupa aizag abuan…（布農族語）

這首歌的歌詞頗能代表 Mayaw 現在的心情，語意大概是這樣：

「雖然失去了依靠，我們仍然感到快樂。
因爲我們還有月亮。
雖然失去了立足的地方，我們仍要感到安慰。
因爲我們仍有企盼。
在你的心中，依然在意什麼。
在你的心中，已然遺忘什麼。

當你抬頭看著月亮，是否還有感動？
祖先說過的話，是否還在你的心中？」

「清清的河流，靜靜蜿蜒在妳的雙眼……」

耳邊突然有人哼唱了起來。

Mayaw 回頭一看，手電筒的燈光照的他眼睛睜不開。

「你不是 Amis 嗎?!怎麼會唱我們布農的歌？」

早上那位阿 Sir 騎車經過停了下來。

「手電筒關掉啦！那麼紅的歌誰不會唱！」Mayaw 一手遮著眼睛回答。

「怎麼又碰到你。你怎麼不回家?!」阿 Sir 說。

「回去哪裡？」Mayaw 低著頭。

阿 Sir 將摩托車熄火後也和 Mayaw 在路邊坐了下來。

「是不是被台北人欺負，沒賺到錢？」阿 Sir 邊說邊遞給了他一支菸。

香菸點著了，兩個人望著一咪咪的月亮不說一句話。點燃的香菸煙霧冉冉上升，半遮掩著星空，好似山嵐飄過。

「回去吧！回故鄉吧！」阿 Sir 站了起來走向摩托車旁。

摩托車發動的引擎聲搭搭作響，阿 Sir 回頭大聲的說：「我叫 Takis-Tau-Lan。保重！我的朋友。」

摩托車的尾燈逐漸消失在車流中。

Mayaw 站了起來，看到前方火車站的燈光，他拖著沉重的腳步往前走去。晚上濕冷的月台上冷冷清清，不見查票員的身影，站在車票自動販賣機前，Mayaw 拿出了今天賺到的一千塊，愣了一會兒，又塞回去口袋，轉身往月台上走。他看見最後一班到台東的列車剛好停在月台上，Mayaw 站在開啟的車門前猶豫了一會兒，在車門即將關閉前鑽了上去，找到了一個空位坐了下來。火車緩緩的開動著，看著逐漸消失的月台，慢慢的也進入了夢鄉。

「哈哈哈！你不敢跳啦！」一群小朋友站在十幾公尺高的瀑布旁嬉鬧。

「什麼我不敢！我可是 Amis 第一勇士，Mayaw，像黑熊一樣的勇敢，像雲豹一樣的矯捷。」Mayaw 在稚嫩黝黑的臉上露出潔白的牙齒、驕傲的說著。

唰！縱身一躍。十二歲的 Mayaw 像箭一般地從大石上躍下，跳進了深潭。陽光灑在出水後的臉龐，露出了快樂的笑容。

「Mayaw 你今天怎麼沒去上課？」阿妹站在溪旁瞪著他。

「我騙老師說你生病了。差點穿幫。」阿妹說。

「阿妹最美了。我最喜歡阿妹了。」Mayaw 在水裡做仰式嘻鬧著說。

畫面好美，溫暖的陽光打在身上，Mayaw 睜開眼睛，原來是一場夢，天已經亮了。

看看車外，似乎已經過了北回歸線。看到另一節車廂上，車長正忙著給乘客補票。Mayaw 躲進了廁所，摸了摸口袋裡的錢。

「叩叩叩！有要補票嗎?!」車長一手拿著補票機一手敲著廁所的門。

「喔！買過了。」Mayaw 緊張的回答著。

「買過了我要看一下。」車長說。

「好！等一下。我拉肚子。」Mayaw 遮住嘴巴故意發出怪聲說。

Mayaw 在廁所裡待了好久遲遲不敢出來。

「各位旅客，不好意思，前面因為有點狀況，所以我們在這裡稍做停留十五分鐘。「這裡是鹿野，還沒有到台東，我們這班不是區間車，這裡沒有停，不要下車喔！下車拍照的乘客也請趕快上車。火車是不等人的喔！」車長廣播提醒著。

火車已經開到了鹿野附近，離故鄉不遠。Mayaw 聽到車門開了，趁著混亂從廁所偷跑出來。看到車長遠遠地又從另一節車廂走了過來，他趕緊下車。小站查票沒有那麼嚴，Mayaw 走後面的路，繞過車站走了一大段路後從草叢中鑽了出來。

呼！算是到家了。到台東就算到家了，即便是隔好幾個山頭，也算是到家了。

「你在這裡坐什麼?!」Dafon 拍著他的肩膀。

「嚇死人啊!你才在這邊做什麼咧!」Mayaw 看著 Dafon。

「要過年了,我上山去打一些動物啊!剛剛下山!」

「啊!你剛回來吼?」

「對呀!」

「總算離開了那個——去你媽的台北!」

「你有看海角七號吼!」

「我都馬有看!前陣子帶馬子去電影院看的啦!」

「走!去喝酒!我請客!」

Mayaw 在車站旁遇到了小時候一起長大的玩伴 Dafon。坐上了 Dafon 的貨車,兩個人有說又笑,在路旁雜貨店買了一手啤酒後,在山區的路旁停了下來,坐在地上就喝了起來。看著青色的山巒,聊起了小時候的故事。啤酒一下子就喝完了。

「那麼快就沒了?!我們再去買。」

說著說著一台警車停了下來。

兩個員警走了下來,一個是原住民,一個是台北剛調過來的菜鳥。

「你車子後面是什麼?」菜鳥員警說。

「食物啊！」

「哪裡抓的？」

「廚房拿的啊！」

「廚房會有山羌，山豬和穿山甲？」

菜鳥員警邊說著邊把貨車上的「食物」拿下來。

「你做什麼？」

「通通沒收！」

「你放回去！」Dafon 斥喝著員警走了過去。

菜鳥員警還是把東西往車下扔。

Dafon 忍不住衝了過去把菜鳥員警撲倒在地上。

原住民員警這時也衝了上去。

Mayaw 看到也加入戰局，扭打成了一團。

一會兒之後，聽到一聲槍響。原住民警察朝天空開了一槍。

「你有槍。我也有槍的啦！而且比你的海要長！」Dafon 的國語不是很標準。

「噗疵！」Mayaw 笑了出來。

「你不要幫助平地人欺負我們。你身上有星星。天上的星星比你更多。」

「你不要以為我不知道。你勾結官員把老家的樹和牛樟芝都砍光了賣給平地人。阿公氣死了。這筆帳還沒找你算。」Dafon 繼續生氣的說著。
「你不要亂講！」
「Mayaw。把東西放上車。我們走！」
菜鳥員警欲上前阻止被原住民員警攔了下來。
「你就這樣放他們走？」
「他們有背景的啦！」
「什麼背景？」
「他是我弟弟啦！」
菜鳥員警傻眼。

鹿野是山區，離東河海邊不遠。貨車搖搖晃晃一會兒就到了。
「我這裡下車就好了！」
「你要幹嘛？阿美還沒回來啦！」
「不是啦！明天除夕，你去廚房打獵，我總不能雙手空空，我要去冰箱找點東西。太平洋就是我的冰箱。」
Mayaw 跳下車。Dafon 把一包檳榔和小刀丟給了 Mayaw 後大聲的說：「要大的喔！」
看到太平洋，就像回到了家。

Dafon 的老家在山上，Mayaw 在海邊，因為都是阿美族人，小時候 Dafon 又常寄住在 Mayaw 家，年長的他把 Mayaw 當親的地看待，所以感情特別深厚。Dafon 很會抓山上的動物，而 Mayaw 則是海王子，自由潛水三十幾米一口氣憋個五分鐘是家常便飯，也因為住山吃山，靠海吃海，有時候不是因為愛吃山珍海味的關係，而是為了生存下去，從小自然而然養成了求生的技能。

整排的椰子樹在海岸線搖曳著，藍色無垠的大海上一波波的湧浪打向岸邊，暖風從湛藍的天空吹向陸地，撫摸著青草地上的馬鞍藤和大花咸豐草。Mayaw 靜靜的坐在地上享受著海水鹹味和花草芬芳交雜的香氣，這是故鄉才有的味道。Mayaw 舒服的躺了下來，看著天空的雲朵，像極了棉花糖。小時候他們買不到糖都會看著天空幻想。天空中的雲朵慢慢的移動著，從棉花糖變成小叮噹，從小叮噹變成鐵金剛，從鐵金剛變成秀髮飄逸的臉龐，阿妹在天空中對著他微笑。

成群的海鳥劃過天際，像戰鬥機般往海面俯衝，貼著海面飛行，成群的小魚躍出海面，在海面上的礁石區附近逃命。Mayaw 眼睛一亮，抓了地上的竹子，快速的用小刀在竹尖上削出了兩個深約五~六公分的對角，將小刀用藤蔓綁在腰際，快速的走到大石頭上躍入海中。

都市的朋友常常讚嘆原住民的神奇，原住民朋友也常常說「山裡是我的廚房，大海是我的冰箱。」試想，你每天都會到廚房打開冰箱好幾回，所以你閉著眼睛也知道醬油放哪裡，可樂擱那兒，蛋糕放在哪個架上。所以對於原住民朋友們知道哪個山谷躲著竹雞和野豬，哪個洞穴藏有龍蝦和石斑，也就理所當然了。

Mayaw 知道天空中的海鳥和海面上的牛港和煙仔虎都正在追逐著小魚，他也加入了戰局。螳螂捕蟬，黃雀在後。在鯊魚沒出現之前，Mayaw 則是食物鏈的頂層。漂浮在水裡，就像回到了家一樣。不一會兒，椰子樹下已經躺了兩隻大牛港和撿到了一尾卡在礁石上的大石斑魚。

天色逐漸昏暗，太陽也躲到山裡頭去了。生了火，烤了今天的晚餐，喝了椰子水，心滿意足的躺在草地上哼著歌。

Mayaw 不想回家，其實是不敢回家。族人的兄弟姐妹們都很有成就。有的當工頭賺了好多錢，有的開店賣農產品蓋了好幾間大房子，也有的唸了很多書去當神父或公職人員，只有他混得不好。想到阿妹，他更是難過。歌曲由開心的曲調變成了悲傷的旋律。

星星月亮啊！祖先祖靈啊！Mayaw 喃喃自語，流下了男兒淚。

家鄉的天空沒有光害，家鄉的星星比台北的霓虹燈還要漂亮。Mayaw 看著天上的繁星，一顆一顆數著，又自言自語了起來。那個很亮很亮的就是金星，想起國小那個帶黑框眼鏡的老師帶他們觀星的童年時光。那個十字亮亮的就是天鵝座，然後像皇冠形狀的就是天后座，我要把皇冠帶在阿妹的頭頂上。哈哈哈！

「哈哈哈！癩蛤麻想吃天鵝肉。」Dafon 和兩個朋友還有兩隻土狗突然出現嚇了 Mayaw 一下。

「幹嘛嚇人啊！」Mayaw 說。

Dafon 丟了一袋肉包還有瓶小米酒在地上，將身上背的麻袋輕輕放下。

「我就知道你會在這裡。這裡有肉包跟酒。」

「阿姨說肉包賣不完所以給了我一大袋，還有家裡的小米酒，你很久沒喝了吧？剛剛去收陷阱，有田鼠跟竹雞，很多喔！」Dafon 這麼說著。

「你明天會回去吧？」

「不知道！」

「快回去！媽媽阿姨叔叔還有 Gaga 都很想你耶！過年要開開心心的。」

Mayaw 喝著小米酒，看著星星沒有說話。

好美的夜色，Dafon 背起麻袋和朋友們靜靜的在漆黑中往公路旁的路燈方向離去，兩隻土狗也跟了過去，任由 Mayaw 一個人獨自地享受著家鄉的夜晚。

星星月亮躲了起來，太陽又跑了出來。

Mayaw 提著昨晚吃剩的一尾魚走到公路旁的小雜貨店。

「劉媽媽好！」Mayaw 說。

劉媽媽推了推老花眼鏡，抬頭看了一眼。

「Mayaw！你回來了。」

劉媽媽是高雄人，嫁給了從美濃來這裡落地生根的客家人，開了一間小雜貨店。

「你們今天有要進城嗎？我可不可以搭便車？這尾魚給妳。」

「今天是除夕耶！我們貨都補齊了。沒有要去耶！」

「那……沒關係！」

「你是不是要交通工具?!妳可以騎我的摩托車，鑰匙在上面。」

「真的喔！謝謝妳！」Mayaw 抱了劉媽媽一下。

Mayaw 開心的跨上摩托車準備離去。

「等一下！等一下！」劉媽媽拿了一大袋珠蔥，手裡還抓了一大把香菜要給 Mayaw。

「這個拿回去加菜！你們原住民最喜歡吃這個加醬油膏了！」劉媽媽說。

「我回來再拿啦！謝謝！」

「好！那我放在門口。回來要記得拿喔！我忙的話，車子停門口就好。」

Mayaw 往台東的方向騎去。

「大舅。你都不幫忙！一直喝酒！」

晚上老家很熱鬧，廚房裡更是忙翻天。吵吵鬧鬧！嘻嘻哈哈！

「坐下來吃飯了！」媽媽說。

老家背山面海，從濱海公路旁的小路往山的方向走五分鐘就到了。院子很大，被一片稻田包圍起來，除夕夜房子外擺了五桌，鄉間小路上停滿了貨車和轎車，幾乎所有家族的成員都回來了。餐桌上有自己打的魚，自家種植的青菜蔬果，還有今天剛殺的山豬肉，傳統的糯米飯，海裡抓的貝殼和海菜，地上還放著成堆的啤酒和高粱及小米酒。卡拉 OK 當然也準備好了，老家的水泥牆上貼了好多紅包袋，等著上台唱歌表演的人領獎。

「各位好！Test。Test。」小舅子一臉醉意，拿起麥克風站在前面。

「我是今天的主持人。我就是人稱小帥哥的天王，剛剛才巡迴表演結束，特別坐飛機趕回來的。」小舅子的工作其實是在工地開怪手，咬著包葉仔檳榔，滿嘴通紅搞笑的說著。

「我們第一個節目，就是目前最夯的騎馬舞。我們這個不是江南 Style，東河往南一點點是哪哩呀?!是都蘭。可是這裡又不是都蘭。這個是 Amis Style。由我們 Amis 的小帥哥，小美女們演出，請來賓熱烈掌聲。」小朋友們從五歲到十四歲都有，排排站開來好可愛。

音樂響起，熱歌勁舞，好不熱鬧。

小舅子邊耍寶邊拿著酒杯一桌桌的敬酒。隨後音樂結束，又回到了廣場前面拿起麥克風。

「小朋友！很棒的呦！來！你叫甚麼名字？把拔是誰？阿公是誰？阿祖是誰？答不出來不能拿錢喔！」小舅子一直逗著小朋友們。

「來！十七號紅包。我偷看一下。要不要換?!」

小朋友拿著紅包袋看著小舅子搖頭。

「真的不要換？」

小朋友還是搖著頭。

「恭喜你！一千塊……的好朋友……一百塊。」

小朋友做了鬼臉後，開心的拿著紅包走開。

「接下來！我們部落裡最美的女人，我老婆，要為各位唱一首〈月亮代表我的心〉。請來賓掌聲鼓勵。」

晚會節目熱鬧滾滾，在黑夜裡，月光下，充滿著過年開心的氣氛。

「Mayaw 呢？怎麼沒看到。」媽媽說。

「不知道耶！可能在台北生小孩。不回來了。哈哈！」大舅子滿身酒味的說著。

阿妹大大的眼珠子看著大舅子。

「不要亂說！」大舅媽打了大舅子一下，望了望阿妹，只見阿妹低著頭故意裝作沒聽到。

「那是誰？走過了草叢，像個荒野大鏢客。」小舅子拿著麥克風一邊跳舞一邊說著。

「Mayaw 回來了！」Saumah 大叫。

原來 Mayaw 借了摩托車去台東市場打工，他知道過年前市場很忙都需要人手，加上前幾天在台北賺的一千塊，幫哥哥的小孩 Saumah 買了個小台的電子風琴和一隻大娃娃，也包了個小紅包準備給爸爸媽媽。

「既然大家都肥來了！那剛剛阿公加碼的一千塊可以多包一個紅包了。」其實小舅子手上拿著三張千元大鈔，他把那兩千塊很明顯慢動作的放入了胸前的口袋，又一次搞笑逗得人家哈哈大笑！

時間過的飛快，轉眼間已經 11:59 分了。小朋友早就看錶等了好久準備放鞭炮，大人們則是已經酒過 N 巡，快要不醒人事了。

「新年快樂！」大家互道新年快樂，卡拉 OK 的音樂響的更大聲了。Mayaw 輕輕的問著阿妹說想要許什麼願望。阿妹偷偷的笑著沒有說話。

「當然是跟 Mayaw 生一打小孩啊！」小舅子聽到了在旁邊起鬨。

除夕夜晚，Mayaw 一家族歡天喜地的過了這個年。

「起床了啦！太陽都曬到屁股了！」媽媽和舅媽在院子裡整理滿地的酒瓶，把小舅子搖醒。

「喔！」小舅子還賴在地上滾了一圈。

「等一下還有客人要來，過年不能睡過中午，里長和隔壁村的長輩也要來拜年，快點起來。而且年輕人今天都去海邊了！你不是年輕人嗎？去幫忙！」舅媽踢了一下小舅子屁股。

小舅子騎著摩托車到出海口，看到一堆族人同胞在海邊正忙著。

「你們在抓什麼？」

小朋友們在岸邊整理剛剛用鐵湯匙刮下來的笠螺，還有捕到的小魚。

「Mayaw 呢？」

「不知道！他匆匆忙忙的和阿妹跑回去拿東西。你沒有碰到他嗎？」

「沒有耶！」小舅子說。

「來了！來了！」小朋友們望著快速往海邊移動的 Mayaw 和阿妹。

Mayaw 手上拿著魚槍和蛙鏡，把拖鞋往旁邊一丟，準備下水去。

Mayaw 剛才天亮下水的時候看到了一隻很大的章魚，足足有籃球那麼大，準備下水去捕抓。

「我跟你下去！」小舅子說。

「你可以嗎？」Mayaw 轉過頭來懷疑的看了他一眼。

「我是 Amis 耶！東海岸最神勇的海王子。」小舅子搞笑的一臉得意的說著。

小朋友都笑了。

「隨便你！」Mayaw 輕巧的踏過尖銳的礁石，雙腳踏入水中，往海裡游去。

小舅子急忙的脫下上衣，也跟了出去。海面上還有幾個原住民同胞漂浮在水面上。

「Taco（章魚）在哪裡？有多大？」小舅子喘著氣飄在海面上問同胞。

「很大！」其中一人說。

「籃球那麼大！大概三十多米深。」較年長的小朋友眼睛瞪的大大的說。

「媽媽咪呀！」小舅子皺了一下眉頭。

自由潛水是阿美族人的長項，但是三十幾米，即使帶著氣瓶和魚槍，要把籃球大的章魚弄上來是一件非常危險的事情。籃球大的章魚吸盤會把你的眼睛嘴巴和耳朵吸住而且緊緊不放。通常捕到章魚，討海的人會把章魚頭從下往外翻，這時候章魚就會癱軟放手，但是在水深三十幾米處的海底，可不是這麼輕鬆的一回事。

小舅子雖然酒意未消，還是吸了一口氣，往水裡鑽。較年長的一位小朋友也跟著下去。大年初一陽光普照，三十幾米深的海水還是可以清澈見底。只見 Mayaw 慢慢的靠近到漁槍可及的有效距離內，靜靜的趴著不動。時間一分一秒的過去，已經過了一分半。小舅子心想怎麼還不動手，他快要憋不住了。Mayaw 又輕輕的往前移動了半米，拿起漁槍瞄準。小舅子和小朋友都很緊張。Mayaw 終於扣下板機，漁槍有點射偏，卻還是牢牢的卡在那隻大章魚的身體上。這時章魚不但沒逃走，反而往他們衝了過來。章魚緊緊的抱住了 Mayaw 的頭，另外兩隻足還吸附在小舅子的手臂上。小舅子實在快要憋不住氣了，拿出腰際的彎刀劃開了章魚的吸盤往水面上衝，小朋友也跟著上來。到水面時章魚的吸盤還緊緊的黏在小舅子的身上。

「怎麼辦？怎麼辦？」小舅子緊張的說著。

「再下去救他啊！」小朋友說。

「我不行了！靠你了！」小舅子喘著氣說。

小朋友又往水裡鑽，過了兩分鐘後上來。

「人呢？」小舅子問。

「不知道！沒看到。」小朋友說。

「什麼叫沒看到！」小舅子大聲說。

「真的沒看到啊！」小朋友大聲的說。

「這下糟糕了！你們兩個留在這裡繼續找。我上岸打電話。」

小舅子快速的游向岸邊。

阿妹望著海面，雙手緊握，她知道海裡面出事了。

媽媽接到電話，二話不說，衝進房裡趕緊拿了氣瓶和 BC 丟到大舅子的進口轎車後座，急忙的開著車往海邊衝。

「多久了！」媽媽一邊問一邊穿上裝備。

「二十分鐘有了吧！」小舅子說。

「我兒子不見了你要賠我。就只會喝酒！」媽媽很大力的往小舅子頭上巴下去。

「自由潛水憋氣可以多久啊？」小朋友問著小舅子，這時候媽媽已經準備下水了。

「五分鐘吧！Mayaw 的記錄大概是這樣。」

大夥兒沒有再說半句話，只看著湛藍的海面。

時間一分一秒的過去，又過了十分鐘。

大夥兒的表情由緊張變成呆滯，望著海面發呆，似乎放棄希望了。

「呼！要不要吃章魚啊！」

大夥兒往右邊看，看見 Mayaw 笑嘻嘻的手裡提著漁槍和一隻大章魚和一尾龍蝦，慢慢的走過來。

「你是人是鬼啊？我大概酒還沒有醒吧！」小舅子揉了揉眼睛，又打了自己一巴掌。

小朋友們都很高興。阿妹緊握的雙手也放鬆了。

「你破紀錄了喔！二十三分五十四秒！」小朋友看著表露出驚奇的眼光。

「沒那摸厲害啦！」Mayaw 開心的回答著。

「怎摸可能？」小舅子摸摸腦袋摸不著頭緒。

「祕密！」Mayaw 整理著漁貨笑著說，這時媽媽也浮出水面，小舅子向她招了手示意她上岸。

Mayaw 走到阿妹身旁，從口袋裡拿出一顆珍珠放到她手心裡。

「我藏了半支氣瓶在水底啦！」Mayaw 小聲的在阿妹耳邊說著。阿妹捏了他一下。

媽媽上岸後看到 Mayaw 露出了笑容，一邊卸裝備，一邊打著小舅子碎碎念~

大夥轉身準備離去時，往公路上看，已經看到海巡署的箱型車和警車，還有救護車還有大舅子的進口轎車。

「怎麼是你！」Takis-Tau-Lan 說。

「我回家啊！那你怎麼會在這裡？」Mayaw 說。

「我也要回家啊！過年跟長官拜年，聽到狀況就跟了過來。」Takis-Tau-Lan 說。

「各位來賓！我是今天的主持人。我就是人稱小帥哥的天王，相信你們在電視上有看到我。CNN 和 ABC，ㄅㄆㄇ通通有播出。如果沒有看到，那是你沒有看電視，人家說沒有常識也要看電視。」小舅子又不正經的開玩笑說著。

「剛剛我們去冰箱裡拿食物，很辛苦的。我抓到了一隻大章魚，你們有沒有看到啊！還有活跳跳的龍蝦，跟我一樣的生龍活虎。現在我為你們表演一首歌，叫做〈歐多麥〉。來！36957。請按播放！謝謝！」小舅子說著說著從旁邊牽著一台摩托車出來當作道具表演，媽媽丟了一隻拖鞋過去，大家都在笑，因為大家都知道剛才的故事了。

「來！Takis。喝酒！」大舅子拿了一杯小米酒給 Takis。

「這是我們 Mayaw，你們在台北就認識了喔！」Mayaw 拿了酒杯敬酒，沒有多說話。菜一直上，酒一直開，話匣子一開，天南地北，時間很快就過去了。過年在部落的這幾天，每天都是這樣開心。

收假的前一天，族人們陸續離開老家。Mayaw 拿起了釣竿，獨自走到海邊。Mayaw 沒有拿魚餌，只是在礁石上刮了青苔，想釣釣看有沒有白毛（蘭博陀魚），其實他只想沉浸在老家台東的海岸，在椰子樹下，在清澈的海水和湛藍的天空下多待一會兒。浮標漂浮在海面上，順著水流漂了出去，Mayaw 沒有專心的看著浮標，只是望向無垠的大海發呆。海風一樣溫柔的輕撫著海面和大地，也一樣輕撫著 Mayaw 的臉龐。

「嘿！」哥哥的女兒 Samuah 走了過來，拍了拍 Mayaw 的肩膀。

「嗨！」Mayaw 對著她微笑。

兩個人站在海邊，在金黃色的夕陽下，好美的畫面。

「Mayaw！Mayaw！」大舅子也來了，遠遠的喊了他一聲。

「你沒有騎車回來厚！明天去台北要不要搭便車？」

「不知道！都可以！」

「什麼叫做不知道，都可以。你沒有要回去喔！」

「我不想回去！」

「是不是被台北人欺負？」

Mayaw 沒有回答他，仍然注視著海面。

「不想回去就不要回去好了！」

「你看看身後這片山林，看看眼前這片大海。這本來就應該是我們打拼的地方。我也是不想去台北，可是我有工程要做，有一天我也會回來的。」

「老家前面的那塊地都荒廢掉了。你來種一些釋迦和水果，或許再弄個漁池做養殖，我想會不錯的。你也該給阿妹一些承諾了！你們從小一起長大的耶！」

Mayaw 轉頭忽然看到了阿妹站在 Saumah 的身旁，她尷尬靦腆的看著阿妹，兩個 Saumah 這時伸出了雙手，一手牽著 Mayaw，一手牽著阿妹。

太平洋溫暖的風，吹過了他們三個人的身上。

時間靜止了，像一幅畫。

Chapter 6 阿峰

噠噠噠、噠噠噠噠、嘰~

「哇！熱到爆！」

七月的盛夏，上午十一點半，阿峰開了除草機一整個早上，他將那台橘色的日本除草機停在餐廳後面室外的吸菸區前，打上了空檔，拉起手煞車，關閉引擎，拿了水壺走了下來。只見他的汗衫濕透，工作穿的運動褲上全是雜草的細屑，膠鞋上還有泥巴。

「坐過去一點啦！」

阿峰走到吸菸區拿出香菸準備吞雲吐霧一番。

「你很臭耶！」

廠務阿迪說。

「那你是多香。哈哈！」

阿峰笑著，看著低頭玩手機的阿迪說。

「你在裡面吹冷氣，我在外面拚死拚活的。」

阿峰繼續調侃著。

中午用餐時間，溜出來放風的人越來越多，本來空無一人，諾大廠區的外頭頓時熱鬧起來。這是位在北部的一間高科技公司，阿峰受雇於一間園藝公司，被分派到這裡來工作。這間科技公司有上千坪的造景和池塘瀑布，頂樓也有草坪需要整理，全都靠他一個人幹這活兒。

吸菸區的人進進出出，有派遣的包商，也有公司內正式的職員，中午用餐時間人特別多。阿峰抽完菸後進入餐廳跟大家一樣排隊打菜，找了位置坐了下來。

一大早上工，午休用餐，下午繼續幹活兒，除草、修剪樹木、澆水，一天很快就過去了。

「喂！要吃甚麼？」

「隨便。」

「那我就隨便買喔！」

下班後阿峰回到了他在泰山的租屋處，這是位於泰林路附近的一棟老舊公寓。阿峰問女兒說要吃甚麼，乖巧不多話的十歲女兒仍舊低著頭玩著爸爸的手機。這裡的住戶大多是出外打拼的房客，或是鄰近念書的學生，房間內附有浴室，全部的面積只有五坪大小左右，剛好放得下一個雙人床、一張小桌子、一台電視和一間浴室，這是一間沒有窗戶的套房。房間內堆滿了雜物，幾乎沒有走路的空間。傍晚父女倆就擠在這裡吃飯、看電視、寫功課、睡覺，這是阿峰這個單親家庭的日常。

「嗶嗶嗶！」公司大門的警衛將阿峰攔了下來。

阿峰停下車子，搖下車窗，露出頭來看了警衛一眼。

「是你喔！怎麼今天沒騎車，開這台認不出來。」警衛說。

「今天從公司載工具過來呀！所以開公司的車子。我那麼帥你沒認出我喔？」阿峰原本有點低沉帶著質樸詼諧的嗓音，加上口中咬著檳榔、笑著說話時的神情顯得更加有趣。

「好啦！停前面靠邊先去換臨時證，公司規定。」

「那麼麻煩喔！不換可不可以！反正你認識我。」

「現在上班時間車很多，快開到旁邊，後面塞車了，趕快去換證，別為難我！」

在警衛室換完證件後，阿峰將車子開到今天要整理的草坪旁邊將工具卸下，開始今天的工作。夏天的草長得很快，除草是最辛苦的工作，好幾千坪的土地，不是光舒服的駕駛著除草機就能解決，大樹旁和花圃旁邊的雜草還得用手動的工具才能清除，因為這樣子才不會傷到造景用的景觀植物，此外，還必須修補乾枯的草坪，爬上梯子修剪樹木、施肥以及早晚的澆水工作，有時候總務需要修護電線或是照明也必須配合，諾大的園區都靠阿峰一個人，不過他也甘之如飴，始終笑臉迎人，樂天知命。

夏天，就在早出晚歸和汗水中很快的就過去了。

「哇！今天難得有這麼大的吳郭魚。平常都是炸白帶魚。」
中午時刻大夥兒排隊打著菜。
「拜託！這是黑格仔！黑鯛喔！看清楚！這個很貴耶！」
「真的是黑鯛耶！你巷子內的。」
「廢話！我是天才小釣手耶！」
「哈哈！」
「哇！今天還有柚子和月餅！中秋節快到了！」
「讚讚讚！」
阿峰找了張椅子坐下來，開始享用午餐。
【今年烏魚提早出現，黑鯛……西濱】電視新聞正播報著漁民豐收的盛況。
「阿峰！你有釣過黑鯛嗎？」
「開玩笑！最大紀錄五台斤十二兩！」
「哪摸厲害！」
「唉！很久沒去釣魚了！」
聊著天，吃著午餐。午休時間很快就過去了。
阿峰吃完午餐照例走到吸菸區抽菸。
今天飄著細雨，站在戶外的癮君子紛紛躲到裡面，吸菸區的雨棚內顯得有些擁擠。

「不好意思！借個火好嗎？」工程師小陳向阿峰借打火機。

「謝謝！」

「不客氣！」

「你很喜歡釣魚喔？」小陳邊吐著菸邊笑著問阿峰。

「嘿呀！你怎麼知道？」

「剛剛在餐廳剛好坐在你旁邊有聽到你說。」

「是喔！」

「那你都去哪裡釣魚？」

「以前都在台中附近釣。搬來台北之後就很少去了。」

阿峰和小陳聊了起來。吸菸區的人進進出出，時間很快就一點半了。

「你沒菸了喔！來~抽我的。」阿峰從拿了根菸給小陳還幫他點火。

「你都抽那麼貴的煙喔？這是日本菸吧！對了！你怎麼稱呼？」小陳問阿峰。

阿峰拿出了金黃色的菸盒對著小陳笑，指著上面的字，血紅的檳榔汁在滿嘴的蛀牙上顯得格外有趣。

「啥？」小陳納悶的滿臉不解。

「我叫阿峰啊！哈哈哈哈！你沒看到菸盒上面寫了個『峰』字嗎？我叫謝霆峰，就跟那個帥哥大明星一樣。哈哈！你叫我阿峰就好了。」阿峰笑得更開心了。

「哈哈！阿峰抽峰牌香菸。這樣很好記。」

「好啦！有空再聊，該去工作了。對了！我叫小陳。」小陳拿起她掛在脖子上的識別證秀給阿峰看。

「好！小陳，有空再聊。掰！」

小陳拿起掛在脖子上的識別證，刷開門禁推開吸菸室旁的小門進入大樓，拿著筆電坐電梯上樓去了。阿峰則戴上了帽子，拿了水壺往草坪上走過去，在雨中繼續修剪著草坪。

「不要再玩手機了！快點吃飯。」

「我不管妳了喔！等一下手機記得充電，我要先睡了！」

阿峰工作了一整天又淋了雨，整個人很疲憊，回程在路上順便買了晚餐，而女兒小禎放學後還是一直玩著手機，桌上的滷肉飯吃沒幾口都冷掉了。

時序來到了秋天，九月底的週一，溫暖的秋陽灑落整個園區，一大清早阿峰已經上工，整理花園旁的路樹。上班時間，公司園區不時有汽機車進來，也可見不時有員工提著便當盒或是拿著一袋早餐、背著電腦背包，越過草坪後進入公司大樓。

「早啊！在忙喔！」小陳停好車後看到阿峰流著汗在鋸著樹。

「是啊！上面交代說董事長要換種一些別的，這些都要砍掉，有點可惜。」

「這是樟木吧！丟掉很可惜啊！」

「是啊！你要嘛？可以拿走。反正要丟掉了。」

「好喔！我下班再來拿。」

阿峰喝了口水，看著小陳和其他的員工走進那棟「企業總部」，心理好生羨慕，覺得有唸書真好，別人在裡面吹冷氣，領高薪，自己狼狽地在這裡修修剪剪，做個全身髒兮兮的園藝工人，但是他也知道，一種人，一種命，他相信未來只有上帝可以決定。

「鈴鈴~」

下午休息時間，阿峰照例走到了後面吸菸區休息，此時電話正好響起，他接起了電話，說了好一會兒，心情都表現在臉上。他和前妻的官司還沒打完，偶爾必須跑法院出庭。和律師那頭電話說完後，氣呼呼的又很無奈的樣子，說給別人聽，別人也不會關心，也幫不上忙，自己的麻煩要自己去解決。

「嘿！小陳。」

阿峰看到小陳推開門走了出來，一臉臭臭的。

「怎麼了？被老闆罵厚？」

「嗯！他說我沒有好好的 Lead 這個 team。」

「說英文我聽不懂啦！」

「喔！他說要我帶領研發團隊去贏那個大案子。北京我也去了，他們在南港的公司我也去了，英文簡報做得也很好，連老外都說好，我也聽到他跟其他人以及 RD 阿龍講說我不錯，我都有聽到，結果現在是怎樣？」

「來啦！抽菸！」

阿峰遞了根菸給小陳。

「他完全都不管我，遇到有困難也不會幫忙指導或是花時間去說明排解，說這是給我自由發揮，工作職責都寫在 ISO 文件裡頭了，自己坐在後面玩手機玩得很高興。在我看起來是甚麼事都不幹，把責任都丟給我。上回在會議室把他當兄弟跟他說真心話，他居然把玩笑話當真，拿掉眼鏡整個身體靠了過來，說要跟我打架，還神經病的嗆聲說你以為我會打輸你，我在菜市場長大的……」

「會不會太誇張了。他真的有毛病。」阿峰說。

「你看起來也不怎麼開心的樣子。」小陳說。

阿峰聽著小陳抱怨也幫不上忙，家家有本難念的經……。

「Hi！Ivan。伍經理。」

廠商和幾位公司員工走了出來。

「小陳。那個是不是你那個老闆。」

「嗯！」

「那不說了。晚上要不要一起吃飯？吃羊肉爐？」

「好啊！晚點聊。」

小陳的小老闆和廠商走了出來，阿峰上道的提醒他，知趣地離開抽菸區，乖乖回去工作。

傍晚聚餐的時間很快地就到了。

「吃這個好不好？」阿峰在餐廳冰櫃前問著女兒。

「哈！天氣冷吃這個最好。不過裡面有加一點米酒，等一下回去不知道會不會被臨檢，酒駕會吊銷駕照喔！」

「那煮久一點再吃，酒精就會揮發了，而且湯頭會變得甜甜的更好吃。」

「好！那我們就慢慢地吃。」

「你上次不是說要去釣魚嗎？這週末要不要去？」

「不行啦！我週末教會有活動。而且下週一要開庭，我得去台中一趟。」

「你前妻的事嗎？」

「唉！孩子她也不要，都離婚了還要鬧。」

阿峰雖然是個樂觀的人，但是單親帶著孩子，又雜事纏身，也不免憂心忡忡。

「最近我老闆也嫌東嫌西的。怪我草坪有些地方沒弄好。整個公司園區那麼大就我一個人整理，叫他請人也不要，到底講不講道理啊？」

「辛苦了！」

小陳安慰著他說。

「你們大老闆是不是叫鯰魚啊？我聽到魚就湊過去聽了。」

「哈！那是他的綽號，我們都叫他 Arthur，是我們這個 BU 的 Head，就是事業單位的頭啦！因為中文名叫年瑜，所以私底下我們都叫他鯰魚，油嘴滑舌很會說話，常常一大早就罵人，愛擺官架子，我想在他底下的大部分員工應該都活在恐懼當中。」

「混蛋一個就是了！」

「上次在外面看到你被他罵，我剛好在旁邊弄水管，都有聽到。」

「上回那個很扯。因為廠商要結束營業，有一個電腦的控制器要燒韌體，他叫我去解決加工費的事情。結果算出來不到台幣兩元，他還不信，臭罵我一頓說我不用大腦，凡事不經思考，結果我仔細的算出了加工費細節給他，他不但沒有誇獎我解決了問題，還惱羞成怒。我 email 都還有留著。」

「你講甚麼我聽不懂啦！就是他王八蛋就是了，錯了也不承認。不過我看他對漂亮的女生蠻好的。呵呵！如果不是他拉不下臉來道歉，就是他有拿甚麼回扣的或是怕你們爬到他頭上，我想是因為他本來覺得你沒辦法搞定，結果你弄好了反而壞了他的事，我猜或許是這樣。好啦！吃東西啦！週末要不要跟我去教會？讓主耶穌療癒你創傷的心靈。」

「阿彌陀佛。」

阿峰明明知道小陳是佛教徒，還要學傳教士般的逗他，小陳白了他一眼，也幽默以對，兩個人都笑得很開心。

「把拔！手機好像壞了。」女兒小禎嘟著嘴說。

「那就不要玩了！還我。趕快吃一吃回去了。」

阿峰和小陳吃著晚餐，聊天聊到十點多才回去，薑母鴨店的生意卻是越晚越好。

天氣已經悄悄的變冷，在此整理花草樹木的活兒從炙熱的豔陽轉為濕冷的陰霾，公司諾大的園區草坪變得冷清，員工們在休息時間也不會在外面散步，大多聚集在廠區內的咖啡廳或是便利商店。從廠辦內的玻璃窗內往外看，只見阿峰一個人辛苦地在雨中工作著。

「喂！阿峰。下班了喔！今天怎麼那麼晚？」晚班的警衛關心的說。

「今天摩托車壞掉了拿去修。坐公車跑來跑去的花了很多時間所以草都沒有剪，明天老闆要來看，所以做到現在。」

「是喔！辛苦了。那你現在怎麼回去？」

「沒關係！我走路去外面坐公車。不會很遠。」

「下雨耶！我借你一把傘好了。」

「不用了。有差嗎？我做工做了一天全身都濕了。」

阿峰笑笑地走出了廠區大門，夜晚的路燈照著他的身影，濕冷的夜晚，阿峰一個人走在雨中顯得特別的漂泊。

「你回來啦？我肚子好餓！」

「有！我有買熱的肉圓和四神湯。」

每天工作完回家看到女兒，就是阿峰最幸福的事。女兒小禎已經是鑰匙兒童，單親的阿峰沒辦法接送她上學，懂事的孩子也變得獨立。孩子雖然不懂父母親為何會離婚，但做父親的辛苦她也看在眼裡。在學校裡，別的同學有爸爸媽媽來接送，有漂亮的衣服和玩具，小小的心靈已經了解到現實的殘酷，變得比同年齡的同學成熟，無力改變的事實只能默默的接受。

「要種聖誕樹喔？」

年底將至，阿峰開著公司車載了一棵聖誕樹過來，廠區的警衛在門口好奇的問。

「不是啦！要放在大廳。總務他們會裝飾，我只是幫忙運過來。」

「小心一點！」

企業總部的員工幫忙阿峰一起將聖誕樹搬進了大廳，大夥兒手忙腳亂的設法將那顆大樹放進超大的花盆內立起來。不一會兒樹上已經掛滿了彩燈和飾品，周圍地上也堆滿了已經準備好的裝飾禮物，開了燈後，聖誕節的氣氛立刻顯現了出來。阿峰難得可以名正言順地坐在大廳內好一會兒，平常他只能『經過』，因為他不是正式員工，也不是前來拜訪的廠商，他和那些穿西裝打領帶的訪客或是穿著輕便衣著的工程師們不同，他只是個做工的。

「好了！那沒我的事了。」

阿峰走到後面吸菸區去，又遇到了小陳。

「我剛才放了一棵聖誕樹在大廳，你等一下可以去看看，還蠻漂亮的。」

「是喔！」

「晚上要不要再去吃薑母鴨，這種天氣吃薑母鴨最好了。」

「不行啦！今天晚上吉他社有活動。」

「好吧！那改天。」

「嗯！」

「你年終應該不錯吧！我中午看新聞說你們這幾間大廠生意都不錯，訂單都接到明年底了。」

「年終？算了！」

「又是你那個小老闆？」

「唉！」

「他一直說我沒貢獻，說我做那些前瞻報告都沒有商業的價值，問題是這些報告是總經理和董事長他們要求的，本來就只是分析報告，我們怎麼可能去做無人機還是電動車，我們是做電腦的公司啊！花了那麼多的時間和心力，好像我其他的專案都不用顧了，然後又說我是用抄的不然就是翻譯的，這是甚麼話，我是看了多少的報告，吸收理解之後才整理出來的。更扯的是績效考核上缺點寫一堆，優點居然寫『跟陌生人聊天』。這甚麼鬼。」

「跟我一樣，整個園區就我一個人，我的老闆就是不請人，這麼大的地方至少也要五六個人，然後一直怪我，我做到死也做不完，真不想做了。昨天才跟他吵。」

「不知道你們外包廠商也這麼多問題。」

「還有人打小報告，真是人心不古。光整理草坪就要好幾天了，然後還要去樓上整理陽台的花園，不然他們自己來做做看。」

「我們樓上也是有小團體愛拍馬屁打小報告，都是來很久的老鳥。有天晚上加班吃夜宵的時候，聽到我們那位常常愛打小報告，只跟自己小團體打招呼的工程師阿龍跟新進的年輕工程師弟弟說：「你要學會做人啊！技術只是其次。」然後坐在旁邊，愛拍馬屁，機構部門的 Chris 也附和著。我聽了之後直打冷顫。」我不禁在想，是要跟你一樣學做壞人嗎？好像在看台灣龍捲風連續劇，真是可怕！」

「你就是太古意了，要是我就揍人了。有問題要溝通啊！不是在後面亂搞小團體，老鳥這樣做對公司整體來說不好吧？這個社會要當壞人才爬得快，不過這種人我做不了，你小老闆和你同事是這種人就認了吧！就跟你說，那個人心裡有病。別理他。」

「那你們做園藝的通常都發幾個月。」

「外包廠商沒這個福利，我又不是你們這種高科技公司的員工，我只是在這裡做園藝罷了。我們老闆喔！應該就一個月吧！」

「唉！」

「說真的，全公司好幾千個人，只有你會跟我聊天說話，還會跟我做朋友。我想你們這種唸很多書在這邊上班的，看不起我們這種人吧！」

「不要講這樣！」

「那為什麼只有你會跟我講話，我又髒又臭。你真的很善良，上帝會保佑你的。週末要不要跟我去教會？」

「哈哈哈哈！」

「那你是不是要開始找工作了？」

「如果真是這樣的話，我只能說緣分已盡。我想先休息一下，或許出國去爬山。」

「對吼！常聽你講爬山的事情。」

阿峰和小陳兩個人抱怨完之後還是要面對現實，鼻子摸摸乖乖回去工作。

「爸！手機又怪怪的了。」

「小禎！爸爸下個月領年終再買一支新手機好不好？」

晚上回租屋處後，阿峰看著電視，女兒還是在玩著他的老舊手機。其實這支手機已經用了好幾年了，而且不知道摔了多少次，外表破舊不堪，面板都裂開了。手機對於阿峰而言大多時間只是拿來當電話用，其他時間都是給女兒拿來玩。一個月三萬多塊錢的薪水，要付房租，要繳學費，自己是煙槍又愛抽昂貴的日本香煙和吃檳榔，身上不可能有甚麼多餘的錢，能生活下去就不錯了。不過對於像阿峰這樣的勞工，漂泊灑脫的個性或許才能夠讓日子繼續過下去，他常在想死了就算了，只是女兒還那麼小怎麼辦，所以很多的衝動和慾望都放棄了，更不用說人生有甚麼夢想了。

農曆年放假前兩天，有些員工已經提早請假回家，企總內的咖啡廳也已停止營業，除了中午用餐時間員工稍多之外，其他時間都覺得似乎沒有多少人在上班，尤其看著車輛稀少的停車場更能感受的到年節的氣氛已近。

「怎麼？愁眉苦臉的。」下午茶時間，小陳出來散步，在廠區的小花園旁和阿峰聊了起來。

「小老闆又再起肖了。我可能再做也沒幾個月了。」

「呵！我可能比你快。再兩天領完年終就閃人了。幹得要死要活，盡心盡力，還被嫌的要死，這裡才三萬多塊，我乾脆去做工還比較多。」

除夕前一日，小年夜那天傍晚，阿峰回到了他的外包公司，領了一個月的年終後就拍拍屁股走人了。他打算年後去工地做工。小陳是個心地柔軟的人，他知道單親的阿峰帶著女兒，也早已和親人失聯，這個年應該不好過，所以小年夜那天約了阿峰在他租屋處附近聚餐，當作是阿峰和女兒的年夜飯。

「沒有說謝謝！」

小陳在羊肉爐店拿了一個紅包給阿峰的女兒，小禎猶豫了一會兒，很靦腆地收下了。

「小陳！來來來！今天你坐計程車來嗎？那就多喝點。」

「好！」

「小陳！你都不想結婚嗎？上次聽你講已經好幾年沒交女朋友了。」

「你自己都沒有。」

「我不一樣啊！我在跟我前妻打官司，我哪有這個心情，而且我這個樣子還敢奢望結婚嗎？」

「你喜歡甚麼樣的女孩子？旁邊那個不錯喔！」
「買尬的。送給你。」
「出外人甲己咧粗飽的。」
「哈哈哈哈！」
「還是要不要來我們教會，漂亮女孩子很多喔！」
「哈哈！又要騙我去教會。」

年後阿峰開始每天去工地工作。工地沒有在休息的，工程從一開始到房子完成之前，做一天就領一天，要請假隨便你，反正就是日領。雜工行情一千五，專業鐵工、水泥工等每天收入三千左右，阿峰介於中間，新老闆給他兩千二，但是小承包商遊走在法律邊緣，阿峰的這間包商沒有提供勞健保。

一年多過去了，小禎也快唸國中了，父女倆還是住在原本泰山附近的租屋處，機車還是那台，手機還是沒換。

「小陳啊！最近好嗎？要不要去釣魚？要不要過來聊聊。我好無聊喔！」
「好！我待會過去你泰林路那邊。到了我 call 你，你再下來。」

阿峰晚上 Line 了小陳，他們自從上回一起去釣魚到現在已經一年多沒聯絡了。

「你騎摩托車過來喔！下雨耶！怎麼不開車？」

小陳下著雨騎車到了阿峰租屋處樓下的義大利麵簡餐店門口。

「我早上騎車出去，沒想到現在下雨，剛下班。你怎麼拿拐杖？還上石膏！怎麼會這樣？」

「兩個月前，我在工地三樓外面抹水泥，滑了一下就掉下來了，好險我跳開，不然插到地上鐵條會更慘，可能就掰掰了。」

「爬到上面沒有用繩索做確保嗎？工安規定不是都要綁上繩子？」

「你不是我們這一行的你不懂啦！實際上作業怎麼可能綁繩子。綁手綁腳的怎麼做事？」

「那現在怎麼辦？要多久才會好？」

「不知道。要回診看醫生怎麼說。」

說著說著阿峰拿出了皮夾，秀出了皮夾內厚厚的一大疊錢。

「來！上次欠你的三千塊，已經一年多了。小禎，這兩百塊你去那裡跟阿姨買兩杯咖啡，妳要喝甚麼妳自己點。」

「我都忘記了。」小陳說。

「我不是那種人，我欠人家的我一定會還，我有一本小簿子有記下來，再窮也不會那麼不要臉。只是那時候真的沒有錢，欠了你一年多了，拍謝！」

「你不是沒工作兩個多月了嗎？怎麼會有錢。」

「我頭家給了我二十萬，叫我好好休息，不用擔心啦！」

「怎麼那麼好？」

「我老闆沒有給我們勞健保，今天出了意外，他不想被告影響工地生意，所以才會拿錢出來。他叫我不要擔心，醫療費他會處理。」

小女兒喝著飲料，大人在講甚麼小孩子一點興趣都沒有，還是跟以前一樣，低著頭天真地玩著手機。

「你還在原來的公司嗎？那時候不是說要離職了嗎？」

「還在，不過這次是真的了。研發部門的主管 Eric 幾個月前也被他弄走，下一個就是我了。再兩個禮拜就結束了，辭呈已經簽好送到人事處，老闆用盡心機要我離開。我也真的受不了他了。這樣也好。」

「利用完了就丟，這種人我看多了。」

「你還有去教會嗎？」

「沒有了。換了工地工作後，週末假日常常也要工作，沒有空去。現在這樣，也去不了。我摩托車都兩個多月沒發動了，還停在工地。」

「了解。」

「喂！載我去釣魚啦！我每天都待在家裡好無聊。」

「你這樣是要怎樣去釣魚啦！等下弄到水還是又扭到不是更慘？」

「我們去海釣場啦！我知道你不喜歡去，但是陪我去啦！」

阿峰看到小陳聊得很開心，一年多不見，話匣子一開就停不了，餐飲店都要打烊了。兩人道別後，阿峰拿起拐杖，一跛一跛地和女兒走進了旁邊租屋處的大樓……。

一個月後，小陳找了個好天氣，開車載著阿峰出去釣魚，上車時還得幫他把輪椅收好放進後車廂，再加上一堆釣具和冰箱，小陳的車子內被搞得亂七八糟。

「時間快到了，那麼貴我們總共才釣三條，要不要試試看剛才買的小螃蟹！」

「哇！中了。一放下去就咬。」

阿峰開心的手舞足蹈。

「龍膽石斑耶！好大！快點幫我撈啦！」

阿峰的動作很滑稽，雙腳穿著拖鞋，一腳裹著石膏，拿著釣竿在池畔博魚，笑得嘴巴都咧開了，血紅色的檳榔汁還是不滿了滿嘴的蛀牙，歪七扭八的牙齒上，表情顯得格外的誇張。

「開心了吧！」

「呵呵！爽啦！」

「回去可以好好料理一下了。」

「我那邊又沒有廚房，我住的是小套房，魚我都拿去送人。」

「對了！你上回不是說要搬家，還沒找到啊！」

「新北市現在都那麼貴，更不要說台北了，我住不起。」

「嗯！」

「搬家？搬不起，也不用搬了！對了！我的釣具還有之前你送我的釣竿你有空就過來載走，我暫時用不到了。」

「你不釣魚了喔！」

「我快要進去了！」

「聽不懂！」

「我之前那個官司，法官判定我傷害罪。我根本沒打人，我只是推了一下我前妻的男朋友，因為他汙辱我。總之，我要去坐牢了。」

「要關多久？」

「一年半吧！」

「那女兒怎麼辦？」

「社會局會暫時安排她借住在住宿家庭。」

阿峰說著他小時候的事情，說他們以前在台中其實也過得不錯，父親承攬工程……。但命運就是這樣。似乎入獄這件事情對他來說衝擊沒有那麼大，或許他早已經做好了心理建設，或是已經看破了人生。小陳倒是很震撼，他沒有想到脾氣很好，生性樂觀開朗的阿峰，現在怎麼會因為打人要被抓去關。

阿峰還提到他沒有勞健保也不全是雇主的錯，因為他之前沒錢繳交罰單，連帶地其他的帳單也沒繳，所以健保費拖欠了很久，要補繳很多錢，手機也都是用易付卡。他並沒有念很多書，也不知道這樣沒有保障，似乎未來已經無所謂了，就過一天算一天。

阿峰回到住處，回診了兩次之後，就裹著石膏帶著還未痊癒的腳傷被強制入獄服刑，小禎也被社會局的人員接走，借住在寄養家庭中，由於只有直系親屬可以探監，所以也和所有的朋友失聯了。

在獄中原本認為上帝放棄了他的阿峰又和上帝和好了，他每天禱告，不多話也不鬧事，開始會去借書來看以打發時間，並和一位原本在小吃店當廚師的獄友結為好友，傳授了他的美食絕活給阿峰，他打算出來後開一間小吃店。

一年半的時間很快的就過去了，然而對於阿峰而言恍如隔世。

阿峰站在監獄大門口，獄卒提醒他不要說再見兩個字，大門關上後，他不知何去何從。家，永遠是最溫暖的依靠，然而阿峰沒有家，只有個破碎的家庭，如果那算是家的話，他心裡面只惦記著女兒，也害怕女兒會恨他，擔心著她這一年多來有沒有變壞。

出獄後阿峰也沒有錢開店，也不會有朋友借他錢，原本用易付卡手機的他，朋友的電話也早就弄丟了，他只能回原雇主的工地上班才能馬上有現金過生活，由於剛開始身無分文，只能暫住在工寮裡，社會局也判定資格不符，所以他只能偶爾去看看女兒。其實之前受過傷，他的身體已經不能再做粗重的工作，但是為了儘快存到足夠的錢並符合社會局所認定的扶養資格，只要有工作他還是硬著頭皮去幹，也不曾請過假。

省吃儉用的阿峰戒掉了菸酒和檳榔，不到兩年的時間，很快地就存夠了開店的資金，也取得了餐飲的執照並接回了女兒。他搬到了外縣市，在小鎮上租了一個帶二樓的古早厝木門店面，樓下就賣小吃，樓上則可以當住家。小吃店的生意從原本的清淡到成為外縣市遊客打卡的熱點，除了阿峰的好手藝和熱誠的笑容之外，他還把小吃店整理的很文青，牆上掛了許多漂亮的字畫並提供免費的書報，裡外還放了許多漂亮的盆栽。

轉眼間小禎已經高三了，還是一樣乖巧不多話，空閒時還會幫爸爸招呼小吃店的生意。午後兩點多的店休時間，溫暖的陽光灑落在小吃店內的桌板上，窗外盆栽上的花朵和枝葉透過古樸的木頭玻璃窗戶觀看，別有一番風味。阿峰一個人靜靜地坐在椅子上發呆。

午後的微風輕柔地吹了過來，翻動了一旁的書頁，掉出了一張像是書籤的立可拍相片，阿峰回過神來，彎著腰將書籤撿了起來，上面有個人好像是小陳，只是滿臉鬍渣，還穿上了厚重

的外套，腳上踏著冰爪，站在皚皚白雪包覆的高山上，照片下面還夾雜著小小的中英文字，阿峰揉了揉眼睛，看到上面寫著~

【花若盛開，蝴蝶自來。人若精彩，天自安排。
April/2019/Annapurna Base Camp/Nepal/Z.】

Chapter 7 海闊天空

阿傑累的躺在沙灘上睡著了，袋子裡的DM灑了一地，隨風飄到了太平洋。已經快三個月了，試用期即將屆滿，業績卻還是沒達到公司要求的最低門檻，阿傑心想可能就快要失業了。

早早出門，晚晚回家，阿傑再怎麼努力，業績就是不好。不知是運氣不好？還是口才太爛，抑或是公司的產品不好？總之，賣不出去就是事實，這是個現實的社會。

海軍陸戰隊退伍後，阿傑一連換了好幾個工作，都不長久。沒有一技之長，想要混口飯吃還真不容易。夢想著能夠輝煌騰達，至少也能夠和一般人一樣有一份微薄的薪水，但是連這麼小小的願望居然也無法實現。阿傑跑了一個上午的客戶後，沮喪莫名的騎著摩托車到了海邊，一屁股坐在沙灘上睡著了。

阿傑被漲潮時的海水弄濕了衣襟醒了過來，豔陽高照，微微的睜開了雙眼，瞇著眼望著遠方，他想起了退伍時長官說過的話。【記住！國家永遠以你為榮。一日陸戰隊，終身陸戰隊。

身為海軍陸戰隊的一員，不怕苦，不怕難，不怕死，沒有甚麼是做不到的。】

阿傑想起了那段摻雜了淚水和汗水，每天不是赤著腳跑步、打拳操演，就是泡在冰冷的海水裡一整天，艱辛卻又光榮難忘的歲月。

發呆了許久，經過了一個早上的折騰肚子也餓了，阿傑騎著摩托車到漁港附近找東西吃。下午三點，一大早出海的漁船紛紛進港，魚販們喧囂的叫賣聲好不熱鬧。

「少年仔！這都是現流仔，一盤三百，麥某？」魚販招呼著阿傑。

「謝謝！」阿傑笑著揮揮手說不用。

阿傑看到港內有一攤滷肉飯，坐了下來。

「這間漁港旁的小店不只是滷肉飯特別好吃喔！魚卵美乃滋和海膽蓋飯也特別讚喔！」桌子旁的台北遊客將賓士車大剌剌的停在店門口，車窗上的隔熱紙和發亮的車身反射著午後的陽光照得讓人睜不開眼睛。碰的一聲關上車門，穿著名高檔皮鞋的公子哥兒拉著女友下車，有說有笑地走進店裡。

阿傑望著冷凍櫥窗內鮮蝦，海膽，魚卵和冷盤，還有旁邊滷的香味四溢的一大鍋豬腳大腸……。

「吶！大碗滷肉飯。三十五元。」

阿傑掏了掏口袋數了零錢給了老闆娘。

「少年仔！麥來幾盤滴卡（豬腳）還是魚湯嗎？」（台語：要不要再來盤豬腳……）

「不用了！謝謝！」

阿傑端著碗扒著飯。

而一旁的台北客還是機哩瓜啦的打情罵俏。

阿傑的工作是兜售東南亞的進口食品給沿海鄉鎮的雜貨店，由於台灣的外勞朋友越來越多，所以原本從事進口雜貨的貿易行老闆也想進軍這塊市場，而阿傑所分配到的區域是他所熟悉的沿海鄉鎮。

阿傑餓得一下子就吃完了，他端著吃完的碗走向廚房向老闆要了碗清湯。

「湯也是要用瓦斯的，沒錢的窮酸鬼。」老闆娘在旁邊小聲的碎碎念。

阿傑聽到後不發一語，端著碗忍著氣回到了座位。

「老闆！多少錢。」隔壁桌的闊氣大爺拿出厚厚的皮夾。

「八百五十元。」

「來！免找。」

「貪財啦！愛擱來捧場喔！」老闆娘收過了千元大鈔，笑咪咪的說。

阿傑喝完了湯，走出了小吃店。

陽光還是依然刺眼。阿傑望著對角的雜貨店站了好一會兒，想到以前的他，是多麼的意氣風發，班長說的話還言猶在耳。

阿傑整理好領帶，撥了下頭髮，深深地吸了一口氣後，拿著貨品型錄走進了雜貨店。

阿傑沒有回話，默默地走到對面的雜貨店去。

台北客站在店門口抽著香菸吞雲吐霧，側目的看著阿傑。

「走開啦！別把車子碰壞了。你賠不起。」

「老闆你好。」

「你哪裡？」

「我是寶記洋行的業務，我……。」

「寶記洋行？出去。」

「老闆，我……。」

「叫你出去是聽不懂喔！」

阿傑還沒說完，老闆就叫罵著拿起拖鞋要往他身上丟。

「你知道從早到晚有多少人來向我兜售東西，有賣保險的，直銷的，還有你們這些業務。

我說過我的貨架已經滿了。而且這邊的外勞消費不起，你上次已經來過兩次了，還不死心。真的是不勝其擾。請你走吧！」

阿傑說了聲抱歉後，無奈地離開了。

跨上了摩托車，阿傑沿著濱海公路前行。

他並沒有往回家的路上前行，而是往相反的方向前進。阿傑在一處圍繞著菜園的低矮房子前面停了下來。

汪！汪汪！

門前拴住的狗不停地吠叫。

ʻicep。ʻicep 乖。

嗚……汪汪。

阿傑蹲在菜園前面看著快成熟的南瓜。

「誰呀？哪摸吵！」

大門推開後走出了一位穿著短褲，肚子微凸，黝黑粗壯的中年男子。

「嘿！拈輕人。不要偷拔我的菜喔！」中年男子揉了揉眼睛，像是剛睡醒一樣。

「這補是菜，這是南瓜。」阿傑笑著學著男子講話，繼續低著頭看著南瓜，還伸出手摸了一下，作勢要摘下的樣子。

這個動作激怒了男子。

男子抽開大門旁邊板凳底下的一塊布，拿出了一支魚槍，怒氣沖沖地對著阿傑。

「動作很快嘛！」阿傑還是一臉鎮定，繼續摸著南瓜。

「你再不離開，我就開槍了。」男子板起臉來，對著嘻皮笑臉的阿傑說。

「你肚子跟南瓜一樣也沉不下去，拿魚槍又打不到魚。拉厚克（Lohok）。」阿傑說著說著站了起來，和中年男子四目相接。

「法夫一（fa-fo'y）（山豬的意思）」中年男子放下了魚槍，露出了笑容叫著阿傑的阿美族語綽號。

「你這個小子，還穿的人模人樣的，認不出來了。哈哈哈哈！」

中年男子叫做 Lohok，是住在東北角附近的原住民，而他原本是住在台東和花蓮交界一帶的阿美族人，多年前為了討生活所以北上住在這兒。而阿傑在當兵時因緣際會認識了他，兩人私交甚篤，所以 Lohok 給他取了一個阿美族的綽號。

「來！進來坐。」

Lohok 從冰箱裡拿了兩罐啤酒出來。

「那麼早就喝喔！」

「這顏色黃黃的是水！旁邊那瓶白白的才是酒。」Lohok 指著桌上那瓶高粱。

兩個人好久不見，聊得開心，不知不覺地聊到天都快黑了。

「啊！我該走了。」阿傑看了下手錶，已經傍晚六點了，他趕緊跟 Lohok 道別，沿著濱海公路騎車回到租屋處，一天就這麼結束了。

「阿傑！老闆叫你進去一下。」早上阿傑剛進公司屁股還沒坐熱，業務助理阿梅就走過來跟阿傑說老闆找他。

阿傑走進了老闆的辦公室。

「這是我們剛進的印尼咖啡，有兩種包裝。有大包裝和小包裝，內容其實一樣，你今天拿一箱樣品去試賣看看，這個比越南咖啡好喝！沒有加糖，不會那麼甜。你待會兒可以自己泡一杯來試試口味。」

「喔！好。」

阿傑捧著一箱咖啡走出老闆的辦公室，他本來以為又要被罵一頓，還好沒有。

「嗯！好香喔！可是怎麼滴那麼慢？」

阿傑站在茶水間一直看著濾紙，裡面的熱水已經蓋過了咖啡粉，下面的咖啡壺卻只有一點點咖啡，水滴的速度超慢，阿梅剛好拿了水杯走進了來。

「吼！昏倒！印尼咖啡直接加熱水就行了，等幾分鐘後會沉澱下來，直接喝就可以了。笨蛋！」

「我怎麼知道！」阿傑拿起濾紙，一臉傻傻的。

阿傑喝完咖啡後，抱著紙箱出門跑業務去了。

「老闆！你好。」

「又是你！出去。」

阿傑佑走進了先前被趕出來的雜貨店。

「老闆！不要這樣。這包咖啡請你喝。這是我們新進口的印尼咖啡。很好喝喔！也很便宜，小包的一百塊有找，你看這包裝很漂亮，還有一艘帆船。」

「不要錢？」老闆露出一絲微笑，趕忙又嚴肅了起來。

「不用錢，請你喝。好喝再打電話給我。這是我的名片。」

阿傑發揮了業務打死不退的精神，厚臉皮的說服雜貨店的老闆。

阿傑跑了一整天，不停地拜訪客戶，把咖啡樣品都送完了，他又經過 Lohok 家門口，狗狗看到他一樣汪汪大叫。等了老半天，都沒有人出來。他把一包上面釘了名片的印尼咖啡放在門口後就離開了。

一個人租屋住在外面，阿傑和大多數的出外人一樣，三餐都在外面解決。

晚上，沒有女朋友的他，一個人很無聊，不知道要幹嘛，也還沒吃晚餐，就跑去逛附近的夜市。

「來喔！蚵仔煎好吃喔！」

夜市的人潮很多，連外國人都來逛，吃的喝的用的玩的，應有盡有，有的攤位生意超好，還要排隊等很久才有座位。

「瞄準一點，手舉高！」

阿傑經過了一個射擊遊戲的攤販，看到爸爸和小朋友在玩，覺得有趣，停下來觀看。

「唉呀！又沒子彈了。」

「不要玩了啦！都打不中，花了很多錢了，回去了啦！」

爸爸拉著吵鬧的小朋友離開。

「頭家！打靶好玩喔！」

攤位老闆招呼著阿傑。

「好啊！」阿傑看到老闆熱情的招呼，自己也手癢起了童心，付了錢，拿起玩具手槍開始瞄準，旁邊也駐足了幾位旁觀的遊客。

「碰！碰！」

阿傑百發百中，旁邊觀看的群眾驚呼連連。

「好厲害啊！」

老闆拿了隻最大的玩具熊給阿傑當獎品，阿傑開心的抱著玩具熊，得意洋洋地離開了打靶遊戲的攤位。走著走著！阿傑覺得自己神經病浪費錢，抱著這隻大玩具熊要幹嘛！自己都笑了！

阿傑找了個小吃攤坐下，把大玩具熊放在旁邊，旁邊的客人都覺得很好笑。

「這樣就好了嗎？帥哥！要不要來份紅燒魚，現流仔新鮮的喔！」

小吃店老闆娘指著旁邊新鮮的魚貨。

「不用了！謝謝！」

阿傑看到海鮮上面的價目表時嚇了一跳，想說怎麼那麼貴，自己抓就好了。以前在外島當海龍蛙兵時，海裡到處都是魚，吃魚哪裡需要用錢買！

晚上睡覺時，阿傑夢到了自己穿著迷彩防寒衣，戴著三寶，手拿著魚槍，在大海裡面和魚兒一起游泳，還看到了美人魚。

天亮了，今天試用期滿，阿傑一大早就出門，戰戰兢兢的進了公司，跟他想的一樣，果然九點多就被老闆叫了進去。

「阿傑啊！你也來三個月了。看你那麼拚，我也不知道到底是哪裡出了問題。是我的商品不好呢？還是真的景氣不好。」

老闆看著阿傑，其實也不太說得出口叫他走路，但是商品要賣出去，公司才能繼續經營下去。阿傑也不知道要說什麼，其實他已經有心裡準備了。

「唉！你一樣產品也沒有賣出去，我也付了你三個月底薪了，算是仁至義盡。今天送貨的老周請假，你幫我把倉庫那些辣椒醬送完，多給你幾千塊錢，這樣夠意思了吧？」

阿傑聽懂了，只能怪自己，他也只好乖乖的把貨送完，然後回公司領錢，拍拍屁股滾蛋。

沒有了工作當然是心情很糟，阿傑一回到租屋處，沒有去吃晚餐，他更新了網路履歷後，一股腦兒地胡亂寄了上百封履歷，弄完之後才心安，看看牆上的時鐘，已經半夜了。

隔天，阿傑睡到中午才起床，雖然晚睡，但是已經習慣早起的他，其實生理時鐘在早上七點已經自動叫醒他，只是想到沒有班可以上了，就繼續倒頭賴在床上，直到中午才起床。

「鈴鈴~」阿傑正在刷牙洗臉時，放在房間床頭的手機鈴聲響了，阿傑沒有理會，繼續在浴室梳洗。走出浴室清醒之後，阿傑站在窗口看著外面，正想今天要怎麼打發時，手機又響了，他接起了這通電話。

「林俊傑先生嗎？現在方便說電話嗎？我這邊是Phi……公司。」

「甚麼？飛馬利斯？」

「是的！我們正在找業務人員，主管看到你的履歷表，覺得你很優秀，想說有沒有這個機會請您今天下午來面試？」

阿傑一聽到面試，立刻就答應。他也實在想不起來昨晚到底寄出了履歷給那些公司，只記得他胡亂一直按，看到機會就按下送出鍵，想說飛馬利斯那麼大的外商公司找他，雖然英文破破的，也去試試看，反正人家都打電話過來了。

阿傑又進了浴室，因為他剛才沒有刮鬍子，想說今天又不用上班，刮甚麼鬍子。沒想到那麼 lucky，昨天剛失業，今天起床就有工作上門，高興地邊刮著鬍子邊哼著歌。

阿傑打上了領帶，穿上他那一百零一套西裝，按著郵件上的地址出發。

阿傑到了台北市區，看到比鄰高聳的摩登大樓好興奮，摩托車鑽來鑽去，終於在松山機場附近的大樓停了下來。阿傑脫下了安全帽，對著摩托車上的照後鏡整理著頭髮和領帶，看了看手錶後，走進了敦化北路上的一棟玻璃帷幕大樓。

「先生！你到哪裡？」警衛問。

「嗯！我到樓上的飛馬利斯公司。」

阿傑指著牆上的公司名牌，只是他怎麼覺得那個公司 Logo 和他印象中的不一樣，反正英文是寫飛馬利斯就沒錯了。

「麻煩證件！在這裡簽名。」

「果然是外商公司，門禁管理好嚴格喔！」阿傑小聲地喃喃自語，給了證件換了識別證，並在登記簿上簽名。

阿傑走出了電梯，看到牆面上用英文字大大的寫著，「歡迎抽菸」，而不是禁止抽菸，阿傑納悶著走了進去表示來意，總機小姐請他到會議室等待。

「嗨！你好！」

阿傑看到西裝筆挺的主管走了進來，不是個老外，還說國語，他鬆了口氣。

「哪！請用。」

主管拿出了一個很漂亮的小木盒，在阿傑面前打開來，裡面裝滿了包裝精緻的雪茄菸，阿傑愣了一下。

「你抽菸嗎？」

「不好意思。我不抽菸！」

「甚麼？」阿傑心想，我走錯了嗎？這好像是間賣香菸的公司。想說算了，既來之，則安之。

「我是業務主管，叫我 Andy 就好了！我先介紹一下我們公司。我們是全球知名的菸草公司，這裡是我們在台北的辦公室。」

主管抽著雪茄說了一大堆自家公司的產品，還說明了非常優渥的薪資福利，阿傑非常心動，想說外商公司真的很大方。雙方聊得很開心，阿傑也覺得很輕鬆自在，瞎扯了一堆他跑業務有多厲害，說他以前賣食品的時候去掃街的趣事和豐功偉業，逗得主管很認同還不停地點頭。

「好！最後一個問題。那你不抽菸要怎麼賣香菸？」

「我不戴胸罩，也一樣可以賣女性用品啊！」

阿傑靈機一動，說出了這句讓主管印象深刻的話。

「你這小子，反應真快！說得好！Well said!」

「好！那你來做做看。這跟你以前的工作性質差不多，只是賣的商品不同罷了！」

阿傑失業不到二十四小時就找到新工作，薪水是之前的三倍，真的是非常幸運，他開心地騎著車回家。

菸商的利潤高的嚇人，這份工作對於阿傑而言簡直是如魚得水。基本上，他不需要去推廣所謂的業務，香菸的客群比酒還要穩定，只要固定的去拜訪商家，然後發揮他閒扯蛋的功夫，定期收款即可。

換了新工作之後，阿傑時常跑去找 Lohok 喝酒聊天。Lohok 三不五時就會分享新鮮的漁獲，兩個人烤肉聊天把酒言歡，而阿傑也大方的送一些公司的樣品菸草給他，或是帶一些台北買的好料一起大快朵頤。

「啊！拿那麼多來，不好意思啦！今天不要回去！陪我聊天喔！」

星期五下午，阿傑掃完店家視察銷售狀況後，又帶了一堆樣品香菸和贈品去找 Lahok。Lohok 在海邊的家很有趣，房子的外牆貼滿了大大小小，各式各樣的貝殼，屋頂一半是鐵皮，一半是茅草，鐵皮的那一邊還有個煙囪;門口的屋簷很寬廣，擺放著手工製作的搖椅和小桌子以及許多的木雕；房子周圍都是椰子樹，旁邊還有個菜園，後面走沒幾步就是大海。

兩個人坐在門口聊得開心，狗狗也認識阿傑了，乖乖地在旁邊沒有亂叫，天色漸漸地暗了下來，Lohok 去廚房裡準備煮飯。

「糟糕！今天除了酒和蔬菜之外，我沒有東西招待耶！不知道你要來。」Lohok 不好意思的說。

「跟我想得一樣。」阿傑看了看放在旁邊的漁槍和裝備，然後笑著看著 Lohok。

Lohok 檢了些漂流木，在後院的小空地上升了火，兩個人穿好裝備後就躍入海中。海裡面漆黑一片，如果站在岸上觀看的話，會很清楚的看到水裡不時會出現很明亮的光線照在海面上，且不時的移動著。兩個人正努力地在找晚餐。

「我比你多一條，還有章魚。」

「那有甚麼厲害，我有海膽和龍蝦！哈哈！」

「我是怕你明天又會痛風，所以才沒抓！」

「少來！哈哈！」

上岸後，兩個人都滿滿的魚獲，火堆已經熱了，阿傑和 Lohok 在月光下，邊吃邊聊，好不快活！

一晃眼，兩年多過去了，工作順利，阿傑也買了車，日子過得很快，平日就認真上班，假日就到處趴趴走。

「阿傑！下個月那個白色包裝的進少一點。」

「喔！為什麼？」

「啊你那個價錢每一種都漲價！白色的漲最多。我這裡鄉下地方，很多客人抽不起，有的都還改抽國產菸了。」

「全國都統一漲價啊！政府的菸酒稅都調漲，還漲了一倍，所以公司才會調整價格，我也沒辦法。你看米酒也是漲價啊！」

「我知道啊！可是米酒不一樣，你的進口香菸有的客人就是買不起啊！」

「好啦！了解。」

阿傑沒想到香菸市場會因為課稅的問題導致價錢大幅調漲，進而影響銷售量，之前都沒遇到過這種情況。他也發現，因為外勞越來越多，最近市場上也進了很多東南亞的香菸，除了品牌眾多之外，有新口味新包裝的還會送打火機，鑰匙環等促銷贈品，而且越送越高檔，就像有些進口啤酒的促銷一樣。他想起以前賣食品雜貨的時候也會送玩具或是買大送小。也難怪最近的業務會議上，主管都被老外上司盯得很緊，看他心情常常不好。

「開會了！」同事凱哥拍拍阿傑的椅子，提醒他開會時間到了。

「今天先由行銷部開始簡報。」阿傑的主管 Andy 說。

「這次的包裝因應政府政策，所有的香菸，包括捲菸，菸草，雪茄等外包裝上都必須加上警示圖案，我這邊有一些總公司寄來的樣品，泰國他們那邊幾年前就開始做了，我傳下去給你們看看。」

「好可怕喔！」

阿傑和其他同事們看到菸盒上面的圖案都嚇壞了，有肺部病變，口腔癌等可怕的照片，提醒癮君子們不要抽菸。

「行銷部這邊已經請美工製作了一些圖案，請各位長官們看看，待會兒我會播放投影片。另外，為了因應這波的政策，我們也會推出新的贈品，第一季將會是限量的打火機。」

早上的會議結束後，Andy 突然向大家道別，大家都很錯愕，尤其是阿傑。

「聽說是業績的問題耶！」

「對啊！新主管好像下禮拜就要 onboard 了。」

大夥兒議論紛紛，心情都不是很好。

阿傑下午趕緊出門去跑業務，心裡一直想著早上開會的事情，結果一個不小心，開車轉彎時，車尾擦撞到電線桿，這下子才買不到一年的新車被刮花了，心情更糟。連續跑了十幾間近來業績比較差的店面，阿傑也不想那麼早回家去，當然是去找麻吉的朋友訴苦去了。

「怎麼臉臭臭的？」

Lohok 坐在家門口的搖椅上晃啊晃的。

「公司的事啦！很煩！然後剛才車子被我自己弄到了。傷心。」

「傷心太平洋！會不會唱。高興一點啦！你看我都沒有那麼漂亮的車子可以刮。我才傷心。」

Lohok 從旁邊桌子底下拖出了一箱高粱。

「主管要換人了。業績最近又不好，日子要開始難過了。很怕沒有工作。」

阿傑的擔心都寫在臉上。

「沒有工作再找就好了啊！你看我也沒有固定的工作。」

「你帥氣啊！」

「幹嘛這樣虧我。」

「我看你也過得不錯。鐵工廠打打工，抓一些海鮮去賣，自己種菜來吃，好像從來就不擔心什麼。」

「做人不要想太多。你現在又沒有女朋友，沒有老婆，沒有小孩，沒有工作再去找就好了，剛才不是說過了嗎？而且你也不用擔心這個。你也交不到女朋友。」

「屁啦！」

「哈哈！來啦！幫我搬這箱58。我們到後面去烤肉。」

兩個人到後院升起了火準備烤肉，看著太平洋喝酒。

「你看那台貨輪！好大台喔！那麼遠看起來還那麼大，跟旁邊晚上抓白帶魚的漁船比起來像個巨人。」

阿傑看著遠方海上的貨輪。

「不然你去做遠洋的好了。錢很多喔！六位數喔！」Lohok 說。

「真的假的？騙人隨便說說，那你怎麼不去？」

「我退伍後不是有好幾年你都找不到我嗎？我失聯就是因為去當遠洋船員。這海邊的房子就是我那幾年存下來買的。」

「是喔！」

「跑遠洋的好處是錢多，可以全世界走透透。船上伙食免費，而且因為免稅的關係，菸酒都特別便宜，跟不要錢的一樣。」

「商船錢很多，那麼為什麼我看報紙現在年輕人都不願意去做，船運公司都找不到人。」

「有優點就有缺點啊！遠洋生活很無聊，幾乎都是一直待在船上！有時候一整年都回不了家。現在的年輕人又吃不了苦，哪受得了。你可以去做做看啊！」

「我才不要！而且我又不是唸海事的，也沒有船員證。」

「不需要是唸海事的啦！只要你願意上船，船公司都會要你。船員證去上個幾天課就有了啊！上課不用錢！住宿也不用錢。有船員證了之後也可以出海捕魚。」

「是喔！」

兩個人聊天敘舊，談天說地，越醉越 high。Lohok 說著那段在海上的故事，十層樓高的巨浪，印度洋上的藍鯨，阿姆斯特丹的風車，東歐的美女，八重山的清酒，波羅地海的伏特加……。

兩個人喝到半夜三更，阿傑在 Lohok 家睡著了，早上九點多才醒過來。

「要不要吃早餐？」阿傑走到外面菜園問 Lohok。

「早就吃過了，我看你睡得很甜就沒有叫你。裡面桌上那一袋是你的。」Lohok 說。

阿傑吃過早餐後沒有進公司，也沒有去跑客戶，反正現在沒有人管他，他又是業務，自由的很。他一整天到處亂晃，去洗車場整理他的寶貝愛車，去西門町吃港式飲茶，去東區商圈亂逛，晚上又去夜市大吃一頓後才回去。

該來的還是會來，新主管很機車，不像以前的主管 Andy，不時地批評阿傑，不知道是因為新官上任三把火，還是故意的。新主管帶來的壓力，大家都有點受不了。

「怎麼了？」阿傑正要去影印機旁傳真，看到同事拿著紙箱在收拾東西。

「我被資遣了。」阿傑和同事兩個人彼此小聲地交談了一會兒。

阿傑在影印機前等待，一直占線傳不出去，看到旁邊有一些散落的紙張，無聊地拿起來看。阿傑看到都是英文字，隨便翻翻，有看沒有懂，不過他注意到是之前總公司寫給之前主管 Andy 的信，上面還有日期。反正 Andy 已經離職了，他好奇的回到座位用網路翻譯查詢，結果他看到 layoff，50%，due 等幾個關鍵字讓他嚇傻了。他怕自己誤解意思，乾脆一個字一個字地整句完整輸入。

「完了！凶多吉少。」阿傑看到總公司下令要在期限內，砍掉一半的業務人員進行組織重整，他心情整個盪到谷底。

果不其然，幾個星期後，阿傑被裁員，離開了那間外商公司。

回到租屋處後，阿傑跟上次一樣，胡亂地投遞了許多履歷，只是這回沒有像三年前一樣那麼幸運，苦等了好幾個禮拜都沒有消息。

阿傑在北部沒有甚麼朋友，他也沒有甚麼特別的嗜好，生活其實很無趣，唯一的好朋友就是 Lohok，阿傑也只能去找他訴苦解解悶。

「咦？不在家！不會吧！」

阿傑在門口等了五分鐘都沒回應，他走到後院去瞧瞧，還是沒看到人，不過看著寬廣的大海，他心情好多了。不一會兒，屋子前面傳來了音樂的聲響。

「喔喔喔喔~妳是我的花朵，我要……」阿傑走到前面去看，原來是 Lohok 回來了，還開車載著兩個朋友。

「喔！你買車了喔！」阿傑問。

「不是啦！我朋友借我開的。我之前不是酒駕嗎？駕照老早就被吊銷了。」

「那你還敢開車！」

「我現在又沒喝酒，等一下才要喝啊！哈哈！」

「跟你介紹一下。這位是從屏東遠道而來的 Pali（八力），這位是新竹來的哈勇（Hayun）。」

「兩位大哥你好！我叫阿傑。」阿傑客氣地打招呼。

「哇！買那麼多箱啤酒啊！還打了那麼多魚耶！好厲害喔！」

「哪有厲害！剛才浪很大，流又很強，在海裡踢很久耶！」

「哈勇你幫忙搬啤酒，八力你拿魚。」

「怎麼又是我搬重的，八力都拿輕的，你都不用搬。」哈勇說。

「哈勇就是咖勇啊！比較勇敢有力氣，而且你是捐十箱（尖石鄉）來的，當然你搬啤酒啊！八力是來一箱（來義鄉）來的，一箱就不用搬了，拿其他的東西就好。我是主人招待你們當然出一張嘴就好了啊！」

「那麼幽默！」哈勇臭著臉搬著啤酒。

「哈哈哈哈！」大夥兒笑成一團。

晚上大夥兒又在後院生火烤肉，把酒言歡。

「啊！你們三個人怎麼會認識啊！Amis、Atayal、Paiwan，都不一樣啊！」已經有三分醉意的阿傑問。

「你和 Lohok 是當兵時認識的！我們和他是在蘇花公路做工程的時候認識的。我們認識的年紀和你們古早年輕的時候不一樣了。」八力說。

「這個海膽好吃！你們去哪裡抓的啊？」阿傑看著哈勇說。

「這些都是 Lohok 和 Pali 剛才去蘇澳接我們時在那邊抓的！不是我抓的啦！我又不會游泳。我是吃麥當勞長大的啦！」哈勇說。

外。

「哈哈哈哈！」大夥兒只要聚在一起喝酒聊天就會笑得很開懷，把煩惱通通都拋到九霄雲外。

「這個海膽有好幾種，一種是馬糞海膽，一種是紫海膽，還有刺很長的魔鬼海膽，接近觸碰到時還會射出針來，要很小心。抓上來切開後要把血管挑出來，吃它那黃黃的卵巢。」阿傑解釋著。

「你很懂耶！聽說你以前是海龍蛙兵。」八力說。

「沒有啦！還可以。」阿傑謙虛的說。

「你要不要跟 Pali 上船去抓魚？你現在不是沒工作。待遇不錯喔！」

Pali 說著好多好多他去捕魚的故事，大夥兒聽得趣味盎然，啤酒一箱一箱的開，很自然的，酒過三巡之後，大家都醉倒了。

回租屋處後，阿傑還是繼續的等待面試的通知，好運似乎一直沒有降臨，接到的面試通知只有房仲或是保險業務等相關的職缺，阿傑實在是沒有甚麼興趣。

「叮叮～」

這天中午，阿傑在外面亂晃，手機簡訊鈴聲響起，他看了一下，他想說是不是有面試的通知，結果是房東提醒他要按時繳房租。

阿傑這幾年存了一些錢，也買了車，因為之前的外商待遇很好，可是現在失業了，除了生活上的開銷之外，還要繳房租和繳稅養車，再找不到工作壓力會很大，他站在路邊覺得很惶恐。

「要不然你上漁船工作，去當船員抓魚好了。」阿傑想到那天喝酒時的對話。

「鈴鈴～」手機鈴聲響了。

「媽！吃飽了。家裡都還好嗎？」

阿傑接到家人打來關心的電話。異鄉情，遊子心，聽到家人的關懷總是最溫暖的撫慰，阿傑怕媽媽擔心，所以並沒有說自己現在正在找工作。離家好多年了，從當兵，工作，一直到現在，出門在外，父母總是惦記著孩子，卻又說不出口，這些阿傑都知道。看到街道上外勞推著老人，沒有家人在身邊陪伴，看了實在讓人心酸，他想著是不是要這樣一直待在這裡，直到父母年老生病了再去探望，然後幫他們請個外勞，這樣對嗎？阿傑這時候突然意識到，工作到哪裡都可以，只要能陪伴著家人，這才是最大的幸福。

阿傑回到住處後，上網報名了漁船船員基本訓練，上課的地點在高雄，剛好就是他的故鄉，幾週之後，阿傑整理了簡單的行囊後就出發了。

「你好！一張到高雄的莒光號。」

阿傑沒有自己開車，也沒有買高鐵甚至自強號的票，因為高鐵要一千多塊錢，自強也要快九百，他選擇了莒光號，比較便宜，而且他有的是時間。

火車晃啊晃！便宜的車票就是坐車時間長，因為幾乎每站都停。窗外快速劃過的風景，讓阿傑想到小時候父母親帶他回阿公阿嬤家的畫面，兒時記憶慢慢地湧上心頭……他回憶起台鐵的圓鐵殼便當，還有熱騰騰的水壺裡裝的熱茶，而小時候，他就和哥哥蹲在列車座位前方的腳踏板上和爸爸媽媽一起回家過年。

「少年仔！哩賣坐企高雄匿？」

「嘿！哩奈哉樣？」

「我看你黑黑的，如果不是外勞就一定是住在高雄。哈哈！」

「哈哈哈！」

火車越往南，就越有故鄉的感覺，除了窗外的陽光，建築物和稻田，還有人情味。」

漫長的旅程，阿傑不知不覺地進入了夢鄉，夢中的他變回了小朋友，和同伴們在綠油油的稻田和藍藍的天空下抓蟋蟀，偷拔鄰居的地瓜去烤來吃被追著跑，還有小時候坐在旁邊恰北北的女生……。

火車上傳來的中台客英重複語意的廣播，讓睡夢中的阿傑睜開了眼睛，剛才稍早坐在隔壁和他哈拉的阿伯已經不見了，換成一位歐巴桑。轉眼間已經到高雄了。

站起身來，從架上拿下背包，步出火車，阿傑隨著人群在月台上往前走，高雄捷運的指示牌就在前方。阿傑要到高雄港內的漁業署大樓受訓，停下腳步看了捷運地圖後，繼續往前走。

高雄的捷運不像台北，大多是學生在搭乘，高雄人不喜歡坐捷運，因為不方便，所以當地人不是開車就是騎摩托車。

阿傑依地圖指示坐到美麗島站轉紅線到草衙站下車。

從捷運站往上走到出口，馬上感受到空氣中瀰漫著一股濃濃的南國氣息。南部的豔陽，溫暖的天氣及周遭的氛圍，即使是閉上眼睛吸口氣都能感受的到，沒有台北的匆匆忙忙，即使在市區也沒有都市的喧擾。

阿傑站在十字路口，看不到港口，不知該往何處去。

「少年仔！哩賣去高雄港是某？」檳榔攤內的一位歐巴桑說。

「嘿呀！ㄚ是對幾壘方向？」阿傑問說。（台語：是啊！是哪一個方向呢？）

「哩這條一直走就到了。坐計程車卡緊啦！挖嘎哩叫車。」歐巴桑說。（台語：搭計程車比較快啦！我幫你叫車。）

阿傑不敢多花錢，連說不用。

「隨便你！如果走不動後悔了，就用手機打 777-2222 叫車。」歐巴桑說。

阿傑說了聲謝謝後，繼續往前走，南部的豔陽曬的阿傑汗流浹背。

「來上課的嗎？」

「是！」

「找一下你名字，在旁邊簽名。」

阿傑走了好久才走到漁業署，門口的警衛詢問過後要他在簿子上簽到。

「宿舍走到底左邊二樓。四個人一間，裡面已經有人先到了。」

阿傑穿過中庭，走到宿舍的走廊邊，看到牆上掛了許多遠洋魚類的圖示與各種繩結示範，他駐足看了好久後才進入大樓內。

阿傑宿舍的房門沒鎖，如警衛所說，已經有室友先入住了。

「你好！你們也是來上船員證的嗎？我叫阿傑。」

「你好！我叫阿倫，這位是阿賢仔。」

「我剛才看到地下室有健身房和球桌，你們去過了沒？」

「我們剛才去玩被罵了一頓，被趕出來了，他們說是職員才能使用。」

「是喔！我朋友說之前他們都有去玩。」

「你怎麼滿頭大汗？你先去淋浴好了。」

「我們等一下要去附近逛逛，然後去吃晚餐，看你要不要跟我們一起去。我有開車。」

「好啊！」

有共同志向，又同為室友，沒多久大夥兒就聊開了。阿傑在開課前和他們去旗津吃了海鮮，也逛了貝殼博物館，晚餐後他們也和其他同學聚在二樓的小客廳看電視聊天。這棟宿舍內除了上船員證的學員之外，也會有上輪機課程或是上船長課程的學員，還有海洋觀察員和來漁業署洽公的人也會暫住在此。有趣的是，大部分來此上船員證的學員都只是要乘坐漁船去從事娛樂性質的釣魚活動，而不是真正的討海人。上課、筆試、CPR 訓練、船舶失火演習、救生船艇翻覆訓練等，這些課程對於曾任海陸蛙人的阿傑來說根本是小菜一碟，不到一週的課程很快的就結訓了，阿傑當然也如願的領到了船員證。

「呼！終於到了。怎麼那麼冷。」

阿傑坐著慢車北上，搖搖晃晃地終於到了台北車站，下車後頭腦昏昏沉沉地又覺得有點冷，身體一直哆嗦，南北兩地天氣實在是差很多，好想喝杯咖啡，但是車站內的小七排了長長的隊伍。車站人潮擁擠，他隨著人群走出了車站，很少坐火車的他，也分不清楚東南西北，看到車站外頭人群還是很多，除了旅客外，也有無家可歸的流浪漢，假借愛心義賣的騙子，拉著布條抗議的群眾和聚集的外勞。

「Selamat Malam.Temanku! Kopi?」（印尼語：晚安。朋友！咖啡？）

一位外勞看到皮膚黝黑的阿傑站在旁邊，以為他是同鄉的，問他要不要喝咖啡。

「Ok！3Q~」阿傑本來不想理他的，可是看到他很久以前賣的咖啡品牌袋子放在旁邊，又覺得那位外勞朋友的肢體語言和笑容親切有趣，所以就這樣聊了起來。

「我不是印尼人啦！」

「喔！Sorry！你好像喔！」

「哈！你會說中文喔！」

「會一點點！台語蛙馬ㄟ通！」

阿傑尷尬的苦笑。

原來這位外勞是位漁工，北上來找女朋友，他們時常都會聚集在車站這裡聊天以解鄉愁或是彼此交換資訊。

「謝謝要怎麼說？」

阿傑喝了人家的咖啡，想要表達謝意，問起了那位外勞怎麼用他的家鄉話說謝謝！

「德雷馬卡喜！」（印尼語：謝謝！）

「Ok！德~雷~馬卡喜！」

「Sama Sama！不客氣！」

兩個人比手畫腳了好一會兒，阿傑說聲謝謝後，步行到對面站牌，轉搭公車回到了租屋處。

阿傑晚上收拾著行李，看著住了四年多的小房間竟有點捨不得，不抽菸的阿傑玩著前公司的贈品打火機，回想著這幾年在台北的點點滴滴……。

「就這樣啦！」

阿傑臨走前去跟 Lohok 道別，在那裡待了好幾天。

「再多留幾天嘛！陪我喝酒啊！」

「再喝下去就開不回去了啦！My friend！」

「哈哈！要來找我玩喔！」

「好啦！」

返鄉開車回家的路程上，阿傑沿路聽著收音機哼著歌，看著高速公路上綠色的指示看板，離家愈來愈近，心情也越來越好。

車子下了交流道，經過了省道差點認不出路來，因為蓋了許多新的建築物，但是一會兒後，轉進了鄉間小路，又是熟悉的景象。一望無際的魚塭，甘蔗田和香蕉樹，還聞得到稻香夾雜著牛糞和肥料的味道，感覺無比的溫馨。快到家門口時，他遠遠的就看到了爸爸在田裡工作著，二嬸婆站在外面曬白蘿蔔乾，隔壁的孩子們聚在大樹下玩耍著。

「阿母！蛙鄧來啊！」

阿傑看到正在洗衣服的媽媽蹲在那邊，頭髮都白了，看了不忍，眼淚都快掉出來，他開心地呼喚著。阿嬤在屋內聽到了聲音，推開了門，彎著腰走了出來，握著阿傑的手又摸摸他的頭好一會兒，隨後進了廚房準備好料的要慶祝乖孫子回來。

阿傑終於回家了。

阿傑聽媽媽的話，回家沒多久後就乖乖地跟著叔叔在附近的蚵仔寮捕魚，漁獲還不錯，常常賣得好價錢，生活過得安穩知足。

這天，阿傑和叔叔照例出門捕魚，在海上遇到了風浪，抽水幫浦又壞掉導致引擎熄火漂流在海上，叔叔用無線電通知同行支援。

「厚！擔就古ㄟ～」叔叔抱怨著同行那麼晚來，讓他在海上等很久。（台語：等很久）

「這種天氣你還出海，會不會太拚了？我再晚一點到你就流到菲律賓了。」同行的開著漁船火速前來支援，船長左手掌著舵，從船艙的右側探出頭來對著阿傑他們的船大聲說話，此時他們的船已經流到外海很遠的地方了。

「Agus！繩子！」船長下令船上的外籍漁工拋繩索給阿傑他們。

「咦？」兩艘船在汪洋大海中隨著波浪不停地上下搖晃著，阿傑站在船頭準備接住繩子，他看了一下那名外籍漁工。

「啊！」Agus 看到了阿傑的臉，認出他來，用力地將繩索拋出。

「德雷馬卡喜！」

阿傑接住繩子後大聲地說。

「Sama sama!」

哈哈哈哈！

湛藍的海水和清朗的天空連成一線，兩艘漁船併行在一望無際的大海上。船舶噠噠的引擎聲夾雜著笑聲迴盪在天際。

國家圖書館出版品預行編目資料

失業／柴克著. --初版.--臺中市：白象文化事業有限公司，2021.4
面； 公分.——（說，故事；91）
ISBN 978-986-5559-96-0（平裝）

863.57　　110002411

說，故事（91）

失業

作　　者　柴克
校　　對　柴克
專案主編　黃麗穎
出版編印　吳適意、林榮威、林孟侃、陳逸儒、黃麗穎
設計創意　張禮南、何佳諠
經銷推廣　李莉吟、莊博亞、劉育姍、王堉瑞
經紀企劃　張輝潭、洪怡欣、徐錦淳、黃姿虹
營運管理　林金郎、曾千熏
發 行 人　張輝潭
出版發行　白象文化事業有限公司
412台中市大里區科技路1號8樓之2（台中軟體園區）
出版專線：（04）2496-5995　傳真：（04）2496-9901
401台中市東區和平街228巷44號（經銷部）
購書專線：（04）2220-8589　傳真：（04）2220-8505
印　　刷　基盛印刷工場
初版一刷　2021年4月
定　　價　300元